瑞蘭國際

掌握關鍵120分，戰勝新日檢！

新日檢 N3 言語知識全攻略（文字・語彙・文法）

新版

余秋菊老師　著／元氣日語編輯小組　總策劃

作者序

　　本書是為了想通過日檢N3的考生而寫的最強《新日檢N3言語知識（文字・語彙・文法）全攻略》。

　　日本語能力試驗於1984年開始，在2010年進行了大幅度的修改，至此新日檢考試模式誕生。《新日檢N3言語知識（文字・語彙・文法）全攻略》一書即是在此需求下，有系統地整理了N3的言語知識各項內容，並加入新題型的模擬練習，歸納總結了考試全範圍，因此深獲考生的肯定與認同。

　　本書為了因應考題變化曾多次改版，此次《新日檢N3言語知識（文字・語彙・文法）全攻略 新版》之推出，依然期望此書可以成為考生最佳、最有力的日檢參考書，為考生高分通過考試助一臂之力。

　　在此祝福各位考生一試過關，朝更高的級數邁進。

戰勝新日檢，
掌握日語關鍵能力

元氣日語編輯小組

日本語能力測驗（日本語能力試験）是由「日本國際教育支援協會」及「日本國際交流基金會」，在日本及世界各地為日語學習者測試其日語能力的測驗。自1984年開辦，迄今超過30年，每年報考人數節節升高，是世界上規模最大、也最具公信力的日語考試。

新日檢是什麼？

近年來，除了一般學習日語的學生之外，更有許多社會人士，為了在日本生活、就業、工作晉升等各種不同理由，參加日本語能力測驗。同時，日本語能力測驗實行30多年來，語言教育學、測驗理論等的變遷，漸有改革提案及建言。在許多專家的縝密研擬之下，自2010年起實施新制日本語能力測驗（以下簡稱新日檢），滿足各層面的日語檢定需求。

除了日語相關知識之外，新日檢更重視「活用日語」的能力，因此特別在題目中加重溝通能力的測驗。目前執行的新日檢為5級制（N1、N2、N3、N4、N5），新制的「N」除了代表「日語（Nihongo）」，也代表「新（New）」。

新日檢N3的考試科目有什麼？

　　新日檢N3的考試科目為「言語知識（文字・語彙）」、「言語知識（文法）・讀解」與「聽解」三科考試，計分則為「言語知識（文字・語彙・文法）」、「讀解」、「聽解」各60分，總分180分。詳細考題如後文所述。

　　新日檢N3總分為180分，並設立各科基本分數標準，也就是總分須通過合格分數95分（=通過標準）之外，各科也須達到一定的基準分數19分（=通過門檻），如果總分達到合格分數，但有一科成績未達到通過門檻，亦不算是合格。N3之總分通過標準及各分科成績通過門檻請見下表。

　　從分數的分配來看，「聽解」與「讀解」的比重都較以往的考試提高，尤其是聽解部分，分數佔比約為1/3，表示新日檢將透過提高聽力與閱讀能力來測試考生的語言應用能力。

N3總分通過標準及各分科成績通過門檻			
總分通過標準	得分範圍	0~180	
	通過標準	95	
分科成績通過門檻	言語知識（文字・語彙・文法）	得分範圍	0~60
		通過門檻	19
	讀解	得分範圍	0~60
		通過門檻	19
	聽解	得分範圍	0~60
		通過門檻	19

　　從上表得知，考生必須總分超過95分，同時「言語知識（文字・語彙・文法）」、「讀解」、「聽解」皆不得低於19分，方能取得N3合格證書。

　　此外，根據新發表的內容，新日檢N3合格的目標，是希望考生能對日常生活中常用的日文有一定程度的理解。

新日檢程度標準		
新日檢N3	閱讀（讀解）	・能閱讀理解與日常生活相關、內容具體的文章。 ・能大致掌握報紙標題等的資訊概要。 ・與一般日常生活相關的文章，即便難度稍高，只要調整敘述方式，就能理解其概要。
	聽力（聽解）	・以接近自然速度聽取日常生活中各種場合的對話，並能大致理解話語的內容、對話人物的關係。

新日檢N3的考題有什麼？

　　要準備新日檢N3，考生不能只靠死記硬背，而必須整體提升日文應用能力。考試內容整理如下表所示：

考試科目（時間）			題型		
			大題	內容	題數
言語知識（文字・語彙）	考試時間30分鐘	文字・語彙	1 漢字讀音	選擇漢字的讀音	8
			2 表記	選擇適當的漢字	6
			3 文脈規定	根據句子選擇正確的單字意思	11
			4 近義詞	選擇與題目意思最接近的單字	5
			5 用法	選擇題目在句子中正確的用法	5
言語知識（文法）・讀解 考試時間70分鐘		文法	1 文法1（判斷文法形式）	選擇正確句型	13
			2 文法2（組合文句）	句子重組（排序）	5
			3 文章文法	文章中的填空（克漏字），根據文脈，選出適當的語彙或句型	5
		讀解	4 內容理解（短文）	閱讀題目（包含生活、工作等各式話題，約150～200字的文章），測驗是否理解其內容	4
			5 內容理解（中文）	閱讀題目（解說、隨筆等，約350字的文章），測驗是否理解其因果關係或關鍵字	6

考試科目（時間）			題型		
			大題	內容	題數
言語知識・讀解 考試時間70分鐘	讀解	6	內容理解（長文）	閱讀題目（經過改寫的解説、隨筆、書信等，約550字的文章），測驗是否能夠理解其概要	4
		7	資訊檢索	閱讀題目（廣告、傳單等，約600字），測驗是否能找出必要的資訊	2
聽解 考試時間40分鐘		1	課題理解	聽取具體的資訊，選擇適當的答案，測驗是否理解接下來該做的動作	6
		2	重點理解	先提示問題，再聽取內容並選擇正確的答案，測驗是否能掌握對話的重點	6
		3	概要理解	測驗是否能從聽力題目中，理解説話者的意圖或主張	3
		4	説話表現	邊看圖邊聽説明，選擇適當的話語	4
		5	即時應答	聽取單方提問或會話，選擇適當的回答	9

其他關於新日檢的各項改革資訊，可逕查閱「日本語能力試驗」官方網站http://www.jlpt.jp/。

台灣地區新日檢相關考試訊息

測驗日期：每年七月及十二月第一個星期日

測驗級數及時間：N1、N2在下午舉行；N3、N4、N5在上午舉行

測驗地點：台北、桃園、台中、高雄

報名時間：第一回約於三～四月左右，第二回約於八～九月左右

實施機構：財團法人語言訓練測驗中心

（02）2365-5050

http://www.lttc.ntu.edu.tw/JLPT.htm

如何使用本書

Step1. 本書將新日檢N3「言語知識」必考之文字、語彙、文法，分別依：

第一單元　文字‧語彙（上）——文字篇
第二單元　文字‧語彙（下）——語彙篇
第三單元　文法篇

之順序排列，讀者可依序學習，或是選擇自己較弱的單元加強。

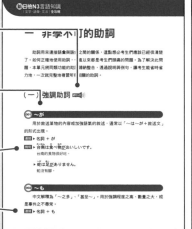

準備要領

在必考題型整理之前，解說單元內容，幫助題型分類與記憶！

考題試作

先試作新題型，了解自己的實力與不足之處！

必考題型整理

以五十音順依序排列，不但能輕鬆分辨相似單字，依據單元不同並加上例句輔助，迅速掌握考題趨勢，學習最有效率！

音檔序號

發音最準確，隨時隨地訓練聽力。

文法句型與說明

依照出題基準整理，命中率最高！說明簡單易懂好記憶！

日語例句與解釋

例句生活化，好記又實用。

連接

標明運用此句型時，該如何與其他詞類接續，才是正確用法。

Step2. 在研讀前三單元之後，可運用

第四單元　模擬試題 + 完全解析

做練習。

三回的模擬試題，均附上解答與老師之詳細解說，測驗實力之餘，也可補強不足之處。

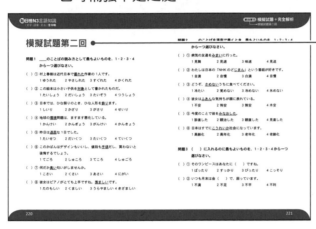

實戰練習

完全模擬新日檢出題方向，培養應考戰鬥力。

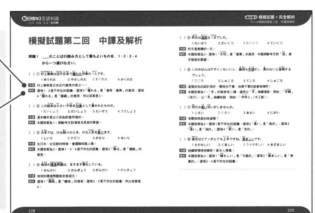

日文原文與中文翻譯

測驗後立即對照，掌握自我實力。

解析

老師詳解模擬試題，了解盲點所在。

如何掃描 QR Code 下載音檔

1. 以手機內建的相機或是掃描 QR Code 的 App 掃描封面的 QR Code。
2. 點選「雲端硬碟」的連結之後，進入音檔清單畫面，接著點選畫面右上角的「三個點」。
3. 點選「新增至「已加星號」專區」一欄，星星即會變成黃色或黑色，代表加入成功。
4. 開啟電腦，打開您的「雲端硬碟」網頁，點選左側欄位的「已加星號」。
5. 選擇該音檔資料夾，點滑鼠右鍵，選擇「下載」，即可將音檔存入電腦。

目　次

19 第一單元 文字・語彙（上）──文字篇

43 第二單元 文字・語彙（下）──語彙篇

新日檢N3言語知識
（文字・語彙・文法）全攻略

第一單元
文字・語彙（上）
——文字篇

　　新日檢N3中，「文字」共有二大題，第一大題考漢字的發音，有8小題；第二大題考漢字的寫法，有6小題。本單元精選新日檢N3考生必須要熟記的漢字，並且依五十音順序排列，歸納整理出「訓讀名詞漢字」、「訓讀名詞和語」、「音讀名詞漢語」等三大項目，只要循序漸進研讀，就能在短時間內記住關鍵字彙，並掌握考試範圍。

準備要領

「文字」題型的考試重點包括「文字的讀寫方式」及「字義的掌握」，共有二大題。第一大題考漢字的發音，有8小題；第二大題考漢字的寫法，有6小題。

日檢舊制三級漢字量為300字，二級漢字量為1000字，由於二級數程度差距甚大，因此才衍生出新日檢N3的級數。

本單元是從舊制二級較為日常性、話題性、簡易性……的文字中，選出新日檢N3考生必須要熟記的漢字量，並且依五十音順序排列，歸納整理出「訓讀名詞漢字」、「訓讀名詞和語」、「音讀名詞漢語」等三大項目，考生只要循序漸進，就一定可以在短時間內記住此一單元的字彙，並掌握考試範圍喔！

以下是新日檢N3文字的考試題型，在進入漢字的背誦之前先試作考題吧！看看自己是否能拿到高分，並藉此了解出題的形式，如此才能掌握文字考題的方向及背誦的方法。

考題試作第一回

❶ 漢字發音的相關考題

問題1 ＿＿＿＿のことばの読み方として最もよいものを、1・2・3・4 から一つ選びなさい。

（　）① <u>努力</u>の結果、やっと日本語能力試験に合格した。
　　　 1 とりょく　　　2 どりょく　　　3 どうりょく　　4 どりき

（　）② 来年、結婚式を<u>挙げる</u>予定です。
　　　 1 きょげる　　　2 うげる　　　　3 あげる　　　　4 さげる

（　）③ 先生に教えてもらったことは<u>一生</u>忘れません。
　　　 1 いしょ　　　　2 いっしょ　　　3 いっせい　　　4 いっしょう

（　）④ 日本では春になると桜が<u>咲き始めます</u>。
　　　 1 さきはじめます　　　　　　　2 ふきはじめます
　　　 3 ききはじめます　　　　　　　4 くきはじめます

（　）⑤ <u>親しい</u>友人にクリスマスカードを送りました。
　　　 1 しんしい　　　2 したしい　　　3 おやしい　　　4 おもしい

（　）⑥ 人に<u>助けて</u>もらったら、お礼を言わないと失礼です。
　　　 1 だすけて　　　2 じょけて　　　3 たすけて　　　4 たずけて

（　）⑦ 営業部は来年度の新しい販売<u>計画</u>を発表した。
　　　 1 けいか　　　　2 けかく　　　　3 けいかく　　　4 きかく

（　）⑧ <u>無理</u>なことを言わないでくれ。
　　　 1 ぶり　　　　　2 うり　　　　　3 ふり　　　　　4 むり

（　　）⑨ 日本は<u>温泉</u>の多い国です。

　　　　　1 うんせい　　　　2 おんせん　　　3 おんけん　　　4 おんぜん

（　　）⑩ 昨日は<u>空</u>に雲一つなく、いい天気だった。

　　　　　1 そら　　　　　　2 くう　　　　　　3 くら　　　　　　4 から

. . . .

解答：

①2　②3　③4　④1　⑤2　⑥3　⑦3　⑧4　⑨2　⑩1

Ⅱ 漢字寫法的相關考題

問題2 ＿＿＿＿のことばを漢字で書くとき、最もよいものを、1・2・
　　　　　3・4から一つ選びなさい。

（　　）① 彼は大学生のときからずっと日本語を勉強し<u>つづけて</u>いる。

　　　　　1 讀けて　　　　　2 継けて　　　　3 続けて　　　　4 協けて

（　　）② 電話で飛行機の席を<u>かくにん</u>した。

　　　　　1 確認　　　　　　2 勧認　　　　　3 確忍　　　　　4 鶴任

（　　）③ この絵本は子供を<u>たいしょう</u>に書かれたものだ。

　　　　　1 対象　　　　　　2 対称　　　　　3 体称　　　　　4 対相

（　　）④ 出張で日本に10日間ぐらい<u>たいざい</u>する予定です。

　　　　　1 帯在　　　　　　2 滞在　　　　　3 滞再　　　　　4 待在

（　　）⑤ ここにごみを<u>すてる</u>な。

　　　　　1 当てる　　　　　2 拾てる　　　　3 捨てる　　　　4 折る

（　）⑥ お母さんは台所で食事の<u>したく</u>をしています。

　　　　1 支度　　　　　2 仕渡　　　　　3 私宅　　　　4 伺度

（　）⑦ ご両親によろしくと<u>つたえて</u>ください。

　　　　1 構えて　　　　2 払えて　　　　3 備えて　　　4 伝えて

（　）⑧ 京都は千年以上も歴史のある<u>みやこ</u>として、外国人に知られている。

　　　　1 港　　　　　　2 都　　　　　　3 宮　　　　　4 町

（　）⑨ 彼は書くことは上手だが、話すことは<u>にがて</u>らしい。

　　　　1 苦手　　　　　2 臭手　　　　　3 占手　　　　4 勝手

（　）⑩ 若いときのことが<u>なつかしく</u>思い出される。

　　　　1 難しく　　　　2 懐かしく　　　3 詳しく　　　4 惜しく

解答：

①3　②1　③1　④2　⑤3　⑥1　⑦4　⑧2　⑨1　⑩2

考題試作第二回

Ⅰ 漢字發音的相關考題

問題1 ＿＿＿のことばの読み方として最もよいものを、1・2・3・4 から一つ選びなさい。

（　）① 駅の改札口で友達を待っています。

　　　　 1 かいさつ　　　 2 がいさつ　　　 3 かうざつ　　　 4 かあさつ

（　）② 日本は物価が高いです。

　　　　 1 ぶか　　　　　 2 ぶつか　　　　 3 ぶっか　　　　 4 ぶつかつ

（　）③ 日本語の文章が少しだけ読めるようになりました。

　　　　 1 ふみしょ　　　 2 ぶんしょう　　 3 ぶんしょ　　　 4 うんしょう

（　）④ 停電で教室が暗くなった。

　　　　 1 てんでん　　　 2 ていてん　　　 3 てんてい　　　 4 ていでん

（　）⑤ 不況のために、失業者が増えています。

　　　　 1 しぎょうもの　　　　　　 2 しつぎょうしゃ
　　　　 3 しきょうしゃ　　　　　　 4 しつきょうしゃ

（　）⑥ 日本は4月から消費税が上がりますよ。

　　　　 1 しょひぜい　　　　　　　 2 しょうひせい
　　　　 3 しょうひぜい　　　　　　 4 しょひせい

（　）⑦ 明日、家族と日帰りで旅行をします。

　　　　 1 にちかえり　　 2 びがえり　　　 3 ひがえり　　　 4 にちがえり

（　）⑧ ご迷惑をおかけして、本当にすみません。

　　　　　1 めいわく　　　2 まいはく　　　3 めいよく　　　4 まいわく

（　）⑨ そのことは両親と相談してから決めます。

　　　　　1 そうたん　　　2 そうだん　　　3 しょうたん　　4 しょうだん

（　）⑩ 彼は借金して、スマートフォンを買った。

　　　　　1 しゃきん　　　2 じゃきん　　　3 しゃっきん　　4 かりかね

解答：
①1　②3　③2　④4　⑤2　⑥3　⑦3　⑧1　⑨2　⑩3

Ⅱ 漢字寫法的相關考題

問題2　＿＿＿＿のことばを漢字で書くとき、最もよいものを、1・2・3・4から一つ選びなさい。

（　）① せんもん家の話によると、今年は景気がよくなるそうです。

　　　　　1 専門　　　　　2 千問　　　　　3 先門　　　　　4 専門

（　）② どろだらけのくつで、入らないでください。

　　　　　1 土　　　　　　2 泥　　　　　　3 波　　　　　　4 地

（　）③ 彼はいつもめだつ恰好をしている。

　　　　　1 日立つ　　　　2 見立つ　　　　3 目立つ　　　　4 目建つ

（　）④ 妹の結婚<u>いわい</u>で、国へ帰ります。

    1 敬い　　　　　2 祈り　　　　　3 賀い　　　　　4 祝い

（　）⑤ 一日に3回、<u>は</u>を磨きます。

    1 牙　　　　　　2 歯　　　　　　3 腹　　　　　　4 口

（　）⑥ 彼に会いたくないから、その場から<u>にげた</u>。

    1 逃げた　　　　2 遂げた　　　　3 退げた　　　　4 迫った

（　）⑦ 将来のことを考えると、<u>あたま</u>が痛い。

    1 胃　　　　　　2 脳　　　　　　3 胸　　　　　　4 頭

（　）⑧ 新しい機械を<u>そうさ</u>するのは難しいです。

    1 創作　　　　　2 操縦　　　　　3 操作　　　　　4 作動

（　）⑨ <u>なまいき</u>な態度は人に嫌われるでしょう。

    1 生意気　　　　2 身意気　　　　3 真剣気　　　　4 危険気

（　）⑩ ⇒<u>じるし</u>の方向に進んでください。

    1 隙　　　　　　2 印　　　　　　3 形　　　　　　4 隅

....

解答：

①1　②2　③3　④4　⑤2　⑥1　⑦4　⑧3　⑨1　⑩2

    以上二回二大題的考題試作，您全數作答完畢並拿到高分了嗎？如果是的話，那麼恭喜您！您已經進入N3級數的門檻了，如果不是的話，那麼您應該要加把勁了！請現在就開始好好地、認真地準備字彙吧！

一　訓讀名詞漢字

　　日文的漢字有「音讀」（源自於中國的讀音，所以發音上與中文有些許的雷同）與「訓讀」（日本人以字義衍生的發音）二種發音。

　　對漢字圈的學習者而言，以字義來發音的「訓讀」漢字是比較困難的。因為這些漢字本身與發音毫無關連，無法從漢字本身來聯想其發音，所以如果是沒學過的字彙，一定就不知道該如何發音。因此本單元首先整理訓讀名詞中的「漢字」，幫助考生在最短的時間熟記這些字。

MP3-01))

	日文發音	漢字表記	中文解釋	日文發音	漢字表記	中文解釋
ア行	あき	空き	空缺、空位	あし	足	腳
	あじ	味	味道	あせ	汗	汗水
	あたま	頭	頭、頭腦	あと	跡	痕跡
	あわ	泡	氣泡、泡沫	いき	息	氣息
	いし	石	石頭	いのち	命	生命
	いわ	岩	岩石	うそ	嘘	謊言
	うで	腕	手臂、本事	うら	裏	後面、反面
	えだ	枝	樹枝	おく	奥	裡頭、內部
	おく	屋	房屋	おっと	夫	丈夫
	おと	音	（無生命的）聲音	おに	鬼	妖怪、怪物
	おび	帯	和服腰帶	おや	親	父母

MP3-02))

日文發音	漢字表記	中文解釋	日文發音	漢字表記	中文解釋
かお	顔	臉	かおり	香り	香氣
かず	数	數目	かみ	神	神明
かた	肩	肩膀	かたち	形	形狀
から	空	空	がら	柄	體格、花紋
き	気	心、精神	きず	傷	傷、瑕疵
きまり	決まり	規則、規定	くすり	薬	藥
くせ	癖	癖好	くち	口	嘴
くび	首	脖子	くみ	組	套、班、組
くも	雲	雲	くもり	曇り	陰天
け	毛	毛髮	けむり	煙	煙
こい	恋	戀情	こえ	声	（有生命的）聲音
こおり	氷	冰	こころ	心	心
こし	腰	腰	こめ	米	米

力行

MP3-03))

日文發音	漢字表記	中文解釋	日文發音	漢字表記	中文解釋
さいわい	幸い	幸運	さき	先	前面
さら	皿	盤子	しあわせ	幸せ	幸福
しな	品	物品	しま	島	島嶼
しみ	染み	污垢	しるし	印	記號
すがた	姿	姿態	すき	隙	空隙
すえ	末	末端	すまい	住まい	居住
すみ	隅	角落	せき	席	座位
そら	空	天空			

サ行

MP3-04))

日文發音	漢字表記	中文解釋	日文發音	漢字表記	中文解釋
たたみ	畳	榻榻米	たび	旅	旅程
たより	便り	信、消息	ち	血	血
ちから	力	力量	つくえ	机	桌子
つま	妻	妻子	つみ	罪	罪
つめ	爪	指甲	と	戸	門
どろ	泥	泥土			

夕行

MP3-05))

日文發音	漢字表記	中文解釋	日文發音	漢字表記	中文解釋
なか	中	裡面	ながめ	眺め	風景
なみ	波	波浪、海浪	なみだ	涙	眼淚
にじ	虹	彩虹	ぬし	主	主人、所有者
ね	根	根部	のぞみ	望み	希望

ナ行

MP3-06))

日文發音	漢字表記	中文解釋	日文發音	漢字表記	中文解釋
は	歯	牙齒	は	葉	樹葉
ば	場	地點、場所	ばい	倍	倍、加倍
はたけ	畑	田地	はだ	肌	肌膚
はなし	話	話語	はば	幅	幅度
はやさ	早さ、速さ	速度	はやし	林	樹林
はら	原	原野	はら	腹	肚子
ひびき	響き	聲響	ふで	筆	毛筆

八行

MP3-07))

	日文發音	漢字表記	中文解釋	日文發音	漢字表記	中文解釋
マ行	ま	間	間隔、房間	まご	孫	孫子
	み	身	身體	みかけ	見かけ	外表
	みどり	緑	緑色	みなと	港	港口
	みみ	耳	耳朵	みやこ	都	首都、京城
	むかい	向かい	對面	むかし	昔	往昔
	むき	向き	方向、適合	むすめ	娘	女兒
	むら	村	村莊	もと	元	材料、根源
	もり	森	森林			

MP3-08))

	日文發音	漢字表記	中文解釋	日文發音	漢字表記	中文解釋
ヤ行	やく	役	職務、角色	やけど	火傷	燙傷
	ゆ	湯	熱水	ゆか	床	地板
	ゆび	指	手指	ゆめ	夢	夢
	よこ	横	横、旁邊			

MP3-09))

	日文發音	漢字表記	中文解釋	日文發音	漢字表記	中文解釋
ワ行	わ	和	和好、日本	わ	輪	圓圈、車輪
	わき	脇	腋下、側邊			

二 訓讀名詞和語

日語的語彙中，以名詞的數量最多。名詞是無變化、無活用的單純語，每個語彙都有獨立而且完整的意思。以下為訓讀名詞中的「和語」語彙，請注意其漢字的書寫方式，並配合音檔跟著一起唸喔！

MP3-10

	日文發音	漢字表記	中文解釋	日文發音	漢字表記	中文解釋
ア行	あいず	合図	暗號	あいて	相手	對方
	あくび	欠伸	呵欠	あしあと	足跡	腳印
	あしおと	足音	腳步聲	あしもと	足元	腳下
	いきもの	生き物	生物	いたずら	悪戯	惡作劇
	いちば	市場	市場	いなか	田舎	鄉下
	いま	居間	客廳	いりぐち	入口	入口
	うちあわせ	打ち合せ	磋商	うちがわ	内側	內側、裡面
	うりあげ	売り上げ	營業額	うりきれ	売り切れ	售完
	うわぎ	上着	上衣、外衣	えがお	笑顔	笑臉
	おおや	大家	房東	おかげ	御陰	託福、幸虧
	おくりもの	贈り物	禮物	おとしもの	落とし物	失物
	おとな	大人	成人	おもいで	思い出	回憶
	おやゆび	親指	拇指			

MP3-11))

	日文發音	漢字表記	中文解釋	日文發音	漢字表記	中文解釋
力行	かきとめ	書留	掛號信	かきとり	書取	抄寫
	かしだし	貸し出し	出租	かしや	貸家	出租的房子
	かたみち	片道	單程	かねもち	金持ち	有錢人
	きいろ	黄色	黃色	きっかけ	切っ掛け	機會、契機
	きもち	気持ち	心情、感覺	きもの	着物	和服、衣服
	ぐあい	具合	狀況	くつした	靴下	襪子
	くみあい	組合	工會、公會	こいびと	恋人	情人
	こころあたり	心当り	猜想、線索	こしかけ	腰掛	椅子
	ことば	言葉	語言	ことり	小鳥	小鳥
	こども	子供	小孩	こゆび	小指	小指

MP3-12))

	日文發音	漢字表記	中文解釋	日文發音	漢字表記	中文解釋
サ行	さしつかえ	差し支え	妨礙	しあい	試合	比賽
	しごと	仕事	工作	しなもの	品物	物品、商品
	しはらい	支払い	付款	しらが	白髪	白髮
	しりあい	知り合い	相識、熟人	しろうと	素人	外行人、業餘者
	すえっこ	末っ子	老么	すききらい	好き嫌い	好惡
	すきま	隙間	間隙、空暇	せなか	背中	背
	そとがわ	外側	外側、外面			

MP3-13))

	日文發音	漢字表記	中文解釋	日文發音	漢字表記	中文解釋
タ行	たちば	立場	立場	たてもの	建物	建築物
	つきあたり	突き当り	盡頭	つきひ	月日	歲月
	つゆ	梅雨	梅雨	てあて	手当て	津貼、治療
	ていれ	手入れ	保養	てつづき	手続き	手續
	てま	手間	費功夫	てまえ	手前	跟前
	てぶくろ	手袋	手套	であい	出会い	見面、邂逅
	でいり	出入り	進出	でぐち	出口	出口
	でむかえ	出迎え	迎接	といあわせ	問い合せ	詢問
	とこや	床屋	理髮廳	どろぼう	泥棒	小偷

MP3-14))

	日文發音	漢字表記	中文解釋	日文發音	漢字表記	中文解釋
ナ行	なかば	半ば	一半、中央	なかみ	中身	內容
	なかゆび	中指	中指	なかよし	仲良し	好朋友
	なまえ	名前	名字	にもつ	荷物	行李
	ねだん	値段	價格	ねびき	値引き	減價
	のりかえ	乗り換え	轉乘			

MP3-15

	日文發音	漢字表記	中文解釋	日文發音	漢字表記	中文解釋
八行	はなしあい	話し合い	商量	はなみ	花見	賞花
	はみがき	歯磨き	刷牙	はやくち	早口	說話很快
	ばあい	場合	情況	ばめん	場面	場景
	ひがえり	日帰り	當日往返	ひきだし	引き出し	抽屜
	ひきわけ	引き分け	不分勝負	ひっこし	引越し	搬家
	ひづけ	日付	日期	ひとびと	人々	人們
	ひとやすみ	一休み	稍作休息	ひるま	昼間	白天
	ひるね	昼寝	午睡	ひろば	広場	廣場
	ふとん	布団	棉被	ほんもの	本物	真品

MP3-16

	日文發音	漢字表記	中文解釋	日文發音	漢字表記	中文解釋
マ行	まちがい	間違い	錯誤	まどぐち	窓口	窗口
	まんなか	真ん中	正中央	みおくり	見送り	送行
	みかた	見方	看法	みだし	見出し	標題
	みぶん	身分	身分	みほん	見本	樣品
	みまい	見舞い	探視、慰問	みやげ	土産	禮物、特產
	むすこ	息子	兒子	めうえ	目上	上司、長輩
	めがね	眼鏡	眼鏡	めざまし	目覚まし	提神、清醒
	めした	目下	部下、晚輩	めじるし	目印	記號
	めやす	目安	標準、目標	ものがたり	物語	故事
	ものごと	物事	事物			

MP3-17))

	日文發音	漢字表記	中文解釋	日文發音	漢字表記	中文解釋
ヤ行	やくめ	役目	職責	やくわり	役割	角色、任務
	やじるし	矢印	箭頭	やね	屋根	屋頂
	ゆうひ	夕日	夕陽	ゆかた	浴衣	浴衣
	ゆくえ	行方	行蹤	ゆびわ	指輪	戒指
	よなか	夜中	半夜	よのなか	世の中	世間

MP3-18))

	日文發音	漢字表記	中文解釋	日文發音	漢字表記	中文解釋
ラ・ワ行	りょうがえ	両替	兌換	りょうがわ	両側	兩側
	わすれもの	忘れ物	遺忘物	わりあい	割合	比例
	わりびき	割引	折扣	わるくち	悪口	惡言

三　音讀名詞漢語

　　「音讀名詞漢語」是源自於中國的漢語語彙。對漢字圈的學習者而言，由於這些語彙的字義，大多一看即可理解，所以是可以好好發揮的強項。考生只要好好把握此優勢，注意同音異字的語彙，以及分辨長、短、促音的有無，就一定可以在考試時拿到高分。（單字表中的＿＿部分為同音字）

MP3-19))

ア行	あ	あん か 安価	あん き 暗記	あくしゅ 握手	あんしん 安心	あんぜん 安全	あんてい 安定	あん ぴ 安否		
	い	い か 以下	い けん 意見	い し 意思	い し 意志	い じ 維持	いしき 意識	い ぜん 依然	い ち 位置	いち じ 一時
		いち ぶ 一部	いっしょ 一緒	いっしょう 一生	いってい 一定	いっぽう 一方	い どう 移動	いはん 違反	い み 意味	
	う	う む 有無	う りょう 雨量	うんちん 運賃	うんどう 運動	うん ゆ 運輸				
	え	えいきょう 影響	えいぎょう 営業	えん き 延期	えんぜつ 演説	えんちょう 延長				
	お	おうえん 応援	おうたい 応対	おうよう 応用	お せん 汚染	おんせん 温泉	おん ど 温度			

MP3-20))

カ行	か	かい ぎ 会議	かいけい 会計	かいけつ 解決	かいさつ 改札	かいしゅう 回収	かいしょう 解消	かいじょう 会場	かいせい 改正	かいぜん 改善
		かいてき 快適	かいとう 回答	かいふく 回復	かい わ 会話	か かく 価格	か がく 科学	か がく 化学	かくしゅ 各種	かくしん 確信
		かくだい 拡大	かく ち 各地	かくにん 確認	がくれき 学歴	か けい 家計	か こ 過去	か さい 火災	か じょう 過剰	か ち 価値
		がっ か 学科	がっ き 楽器	がっ き 学期	かっこう 格好	かつやく 活躍	か てい 家庭	か てい 課程	か てい 仮定	か てい 過程
		か はんすう 過半数	かんかく 感覚	かんきょう 環境	かんけい 関係	かんこう 観光	かんしゃ 感謝	かんじょう 感情	かんしん 関心	かんしん 感心
		かんそう 感想	かんそく 観測	かんばん 看板	かん ぱ 寒波	かん り 管理	かんれん 関連			

カ行

き
記憶	気温	機会	機械	危機	期限	機嫌	記事	基準
期待	帰宅	貴重	機能	気分	希望	休暇	休憩	救助
急速	休息	急用	休養	競争	協力	強力	距離	共通
兄弟	教養	気楽	記録	金額	禁止	近所	緊張	金融

きおく・きおん・きかい・きかい・きき・きげん・きげん・きじ・きじゅん
きたい・きたく・きちょう・きのう・きぶん・きぼう・きゅうか・きゅうけい・きゅうじょ
きゅうそく・きゅうそく・きゅうよう・きゅうよう・きょうそう・きょうりょく・きょうりょく・きょり・きょうつう
きょうだい・きょうよう・きらく・きろく・きんがく・きんし・きんじょ・きんちょう・きんゆう

く
空気	空港	空席	空想	苦情	工夫	苦労

くうき・くうこう・くうせき・くうそう・くじょう・くふう・くろう

け
敬意	経営	計画	警官	景気	経済	計算	形式	携帯
経費	劇場	景色	下宿	化粧	結果	欠陥	決心	欠席
決定	欠点	結論	原因	現在	現実	厳重	現状	現場
原料								

けいい・けいえい・けいかく・けいかん・けいき・けいざい・けいさん・けいしき・けいたい
けいひ・げきじょう・けしき・げしゅく・けしょう・けっか・けっかん・けっしん・けっせき
けってい・けってん・けつろん・げんいん・げんざい・げんじつ・げんじゅう・げんじょう・げんば
げんりょう

こ
公園	効果	公害	交換	後期	講義	抗議	公共	工業
航空	貢献	広告	交差	交際	工作	工事	公式	公衆
工場	降水	公正	厚生	交替	交通	高度	公平	交流
高齢	誤解	国際	告知	克服	国民	故障	国家	混雑
困難								

こうえん・こうか・こうがい・こうかん・こうき・こうぎ・こうぎ・こうきょう・こうぎょう
こうくう・こうけん・こうこく・こうさ・こうさい・こうさく・こうじ・こうしき・こうしゅう
こうじょう・こうすい・こうせい・こうせい・こうたい・こうつう・こうど・こうへい・こうりゅう
こうれい・ごかい・こくさい・こくち・こくふく・こくみん・こしょう・こっか・こんざつ
こんなん

MP3-21

サ行

さ
最近	最後	最終	最初	最中	催促	才能	財布	材料
削除	作成	作品	作物	昨夜	作業	参加		

さいきん・さいご・さいしゅう・さいしょ・さいちゅう・さいそく・さいのう・さいふ・ざいりょう
さくじょ・さくせい・さくひん・さくもつ・さくや・さぎょう・さんか

し
資格	仕方	時間	時期	事業	事件	事故	自己	時刻
事実	支出	事情	自信	地震	自身	自然	時代	自宅

しかく・しかた・じかん・じき・じぎょう・じけん・じこ・じこ・じこく
じじつ・ししゅつ・じじょう・じしん・じしん・じしん・しぜん・じだい・じたく

サ行

失業	湿気	実験	実現	実行	実施	実際	実習	湿度
失敗	質問	実用	指定	指導	児童	自動	自慢	借金
自由	重視	修正	重大	集中	終点	重点	住民	重要
修理	終了	授業	首相	出勤	出場	出身	出席	主張
出張	出発	趣味	寿命	順調	順番	準備	商業	上下
正直	上達	消費	省略	職場	食物	植物	食物	所得
書類	深刻	申告	人口	進出	人生	真相	人物	進歩
深夜	心理							

す

水泳	水準	推測	推定	水平	推量	頭痛

せ

性格	正確	世紀	成功	生産	政治	誠実	精神	成績
成長	整頓	青年	性能	整備	政府	制服	性別	
生命	姓名	西洋	整理	世界	石油	積極	設備	説明
節約	選挙	前後	専攻	戦争	全体	洗濯	選択	専門
全力								

そ

相違	操作	想像	早退	相談	相当	送別	率直	損害
尊敬	尊重							

MP3-22

タ行

た

体育	待遇	対策	大事	対象	大切	台風	大陸	体力
多量	短気	団結	男女	誕生	断定	担当	担任	

ち

地域	地区	知事	地帯	注意	中止	駐車	注射	中心

夕行		ちゅうもく 注目	ちょうき 長期	ちょうさ 調査	ちょうし 調子	ちょうしょ 長所	ちょうせい 調整	ちょうせつ 調節	ちょきん 貯金	ちょくせつ 直接
		ちょっかん 直感	ちり 地理	ちりょう 治療						
	つ	つうか 通過	つうがく 通学	つうきん 通勤	つうこう 通行	つうしん 通信	つうち 通知	つうやく 通訳	つうよう 通用	つごう 都合
	て	ていき 定期	ていでん 停電	てきせつ 適切	てきど 適度	てきとう 適当	てきよう 適用	てってい 徹底	てつや 徹夜	でんごん 伝言
		でんせん 伝染	てんねん 天然							
	と	どうさ 動作	とうしょ 投書	とうしょ 当初	とうなん 東南	どうりょう 同僚	どうろ 道路	とかい 都会	とくしゅ 特殊	とくしょく 特色
		どくしん 独身	とくちょう 特徴	とくばい 特売	とくべつ 特別	とし 都市	とたん 途端	とち 土地	とっきゅう 特急	どぼく 土木
		どりょく 努力								

MP3-23))

ナ行	な	ないよう 内容	なっとく 納得		
	に	にっき 日記	にってい 日程	にもつ 荷物	にんげん 人間
	ね	ねだん 値段	ねつ 熱	ねっしん 熱心	ねっちゅう 熱中
	の	のうど 濃度	のうりょく 能力		

MP3-24))

八行	は	はいけん 拝見	ばいぞう 倍増	ばしょ 場所	はいたつ 配達	ばいばい 売買	はつおん 発音	はっき 発揮	はっけん 発見	はっこう 発行
		はっしゃ 発射	はっしゃ 発車	はっそう 発想	はったつ 発達	はってん 発展	はつでん 発電	はつばい 発売	はっぴょう 発表	はつめい 発明
		はんえい 反映	ばんぐみ 番組	ばんごう 番号	はんたい 反対	ばんち 番地	はんばい 販売	はんぶん 半分		
	ひ	ひがい 被害	ひげき 悲劇	ひつよう 必要	ひょうか 評価	ひょうげん 表現	ひょうじ 表示	びょうどう 平等	ひょうばん 評判	

八行	ふ	不安 ふあん	付近 ふきん	風景 ふうけい	夫婦 ふうふ	普及 ふきゅう	不況 ふきょう	復習 ふくしゅう	服装 ふくそう	不幸 ふこう
		無事 ぶじ	不思議 ふしぎ	不自由 ふじゆう	不正 ふせい	不足 ふそく	物価 ぶっか	物質 ぶっしつ	普段 ふだん	
		物理 ぶつり	部品 ぶひん	吹雪 ふぶき	不平 ふへい	不便 ふべん	不満 ふまん	舞踊 ぶよう	文化 ぶんか	文学 ぶんがく
		文章 ぶんしょう	分析 ぶんせき	文明 ぶんめい	分野 ぶんや	分類 ぶんるい				
	へ	平気 へいき	平均 へいきん	平日 へいじつ	平和 へいわ	変化 へんか	返事 へんじ	弁当 べんとう		
	ほ	貿易 ぼうえき	方言 ほうげん	方向 ほうこう	放送 ほうそう	方法 ほうほう	募集 ぼしゅう	保存 ほぞん	本日 ほんじつ	

MP3-25))

マ行	ま	摩擦 まさつ	万一 まんいち	満員 まんいん			
	み	未知 みち	未満 みまん	名字 みょうじ	未来 みらい		
	む	無限 むげん	無視 むし	無駄 むだ	夢中 むちゅう	無理 むり	無料 むりょう
	め	名産 めいさん	名刺 めいし	迷信 めいしん	名人 めいじん	名物 めいぶつ	
	も	目的 もくてき	目標 もくひょう	文字 もじ	問題 もんだい		

MP3-26))

ヤ行	や	約束 やくそく	薬局 やっきょく	野党 やとう					
	ゆ	夕方 ゆうがた	勇気 ゆうき	有効 ゆうこう	友好 ゆうこう	優勝 ゆうしょう	夕食 ゆうしょく	郵便 ゆうびん	有名 ゆうめい	輸出 ゆしゅつ
		輸送 ゆそう	油断 ゆだん	輸入 ゆにゅう						
	よ	用意 ようい	容易 ようい	要旨 ようし	用事 ようじ	幼児 ようじ	様子 ようす	要点 ようてん	用途 ようと	要領 ようりょう
		予期 よき	予算 よさん	予習 よしゅう	予測 よそく	予知 よち	予定 よてい	予報 よほう	予約 よやく	

MP3-27

ラ・ワ行		
ら	らいにち 来日	
り	りかい 理解　りゆう 理由　りゅうがく 留学　りゅうこう 流行　りよう 利用　りんごく 隣国	
る	るいじ 類似　るす 留守	
れ	れいがい 例外　れいきゃく 冷却　れいぞうこ 冷蔵庫　れきし 歴史　れんそう 連想　れんぞく 連続　れんらく 連絡	
ろ	ろうか 廊下　ろうご 老後　ろうじん 老人　ろうどう 労働	
わ	わしき 和式　わしつ 和室　わしょく 和食　わだい 話題　わふう 和風	

新日檢N3言語知識
（文字‧語彙‧文法）全攻略

第二單元
文字‧語彙（下）
——語彙篇

　　新日檢N3中，「語彙」題型包括語彙的用法及語意的掌握。本單元分別為一、外來語，二、イ形容詞，三、ナ形容詞，四、複合詞，五、副詞，六、接續詞，七、動詞。透過五十音的排列歸納整理，幫助考生在短時間內背誦及記憶，除了讓考生可以輕鬆通過【言語知識】科目的考試外，更能藉此累積【讀解】科目的閱讀能力。

準備要領

　　新日檢N3中，「語彙」題型包括語彙的用法及語意的掌握。考題有三種形式：

　　＜Ⅰ＞ 「依據句中前、後文之語意置入適當語彙」的相關考題，此類考題有11題。

　　＜Ⅱ＞ 「語意相近的語彙代換」的相關考題，此類考題有5題。

　　＜Ⅲ＞ 「語彙語意的掌握及正確用法」的相關考題，此類考題有5題。

　　舊制日檢三級的語彙量是1500個，二級的語彙量是6000個，新日檢N3則是取其中近3000個語彙。除了前一單元的名詞相關語彙外，考生也必須掌握本單元的相關語彙，才能在此項目中拿到高分哦！

　　第二單元分別為一、外來語，二、イ形容詞，三、ナ形容詞，四、複合詞，五、副詞，六、接續詞，七、動詞。透過五十音的排列歸納整理，幫助考生在短時間內背誦及記憶，除了讓考生可以輕鬆通過【言語知識】科目的考試外，更能藉此累積【讀解】科目的閱讀能力。

　　同樣的，在進入此單元的背誦之前，先試作考題吧！

　　了解出題的形式，對後續語彙的掌握及背誦，應該可以達到事半功倍的效果哦！

考題試作第一回

❶ 依據句中前、後文之語意置入適當語彙的相關考題

**問題1 （　　）に入れるのに最もよいものを、1・2・3・4から一つ
選びなさい。**

（　）① 1週間ぶりに（　　）日が出た。

　　　　1 とうとう　　　2 ぜひ　　　　3 やっと　　　4 ずっと

（　）② 昨日、母と（　　）を聞きに行きました。

　　　　1 コンサート　2 コンクール　3 スタイル　　4 プラン

（　）③ もう済んだことだから（　　）せずに、忘れなさい。

　　　　1 そよそよ　　　2 ますます　　3 くよくよ　　4 うきうき

（　）④ 課長は性格が悪いので嫌われているが、仕事の（　　）は確かだ。

　　　　1 あし　　　　　2 ひじ　　　　3 そで　　　　4 うで

（　）⑤ 今年は少し長い（　　）をとって、家族と旅行するつもりです。

　　　　1 休養　　　　　2 休暇　　　　3 休息　　　　4 休憩

（　）⑥ シャンプーした後の髪は（　　）していて、気持ちがいい。

　　　　1 ぺたぺた　　　2 ぱさぱさ　　3 だぶだぶ　　4 さらさら

（　）⑦ 彼は家族の事業を継ぐという（　　）道を選んだ。

　　　　1 穏やかな　　　2 安定な　　　3 安易な　　　4 安価な

（　）⑧ 妹は新しい会社になかなか（　　）らしい。

　　　　1 溶け込めない　　　　　　2 染み込めない

　　　　3 落ち着かない　　　　　　4 住み込めない

（　）⑨ いつも（　　）を使って勉強しています。

　　　　1 レンズ　　　　　2 パソコン　　　3 キャンパス　4 エンジン

（　）⑩ 新しい部屋はちょっと小さいですが、日当たりがよくて

　　　　（　　　）だ。

　　　　1 かいてき　　　2 てきとう　　　3 ゆかい　　　　4 へいき

- -

解答：

①3　②1　③3　④4　⑤2　⑥4　⑦3　⑧1　⑨2　⑩1

Ⅱ 語意相近的語彙代換相關考題

問題2 _____に意味が最も近いものを、1・2・3・4から一つ
　　　　選びなさい。

（　）① 先生の<u>机</u>に集めた宿題を置いた。

　　　　1 ケース　　　　2 デスク　　　　3 クラス　　　　4 ソファー

（　）② この問題は<u>やや</u>難しいですね。

　　　　1 すこし　　　　2 かなり　　　　3 たぶん　　　　4 きっと

（　）③ この野菜は<u>新しい</u>ですから、おいしいです。

　　　　1 あおい　　　　2 しんせん　　　3 あらた　　　　4 おさない

（　）④ わたしは姉と<u>似ている</u>。

　　　　1 ぴったりだ　　2 うっかりだ　　3 そっくりだ　　4 こっそりだ

（　）⑤ 彼は日本語がとても<u>上手</u>だ。

　　　　1 たいへん　　　2 うまい　　　　3 トップ　　　　4 いい

（　）⑥「もう、12月の<u>なかば</u>になりましたね」

　　　「ええ、本当にはやいですね」

　　　　1 上旬　　　　　2 中旬　　　　　3 初旬　　　　　4 下旬

（　）⑦ <u>会社員</u>というのは給料をもらって生活している人のことです。

　　　　1 ベテラン　　　　　　　　2 サラリーマン

　　　　3 マスター　　　　　　　　4 プロ

（　）⑧ 日本の電子産業は世界の<u>水準</u>を上回っているという。

　　　　1 レベル　　　　2 リズム　　　　3 バランス　　　4 ベスト

（　）⑨ 暗くなるとこの辺は<u>危ない</u>から、早く帰りなさい。

　　　　1 こわい　　　　2 はげしい　　　3 きたない　　　4 きけんだ

（　）⑩ さすがこの業界の<u>ベテラン</u>だけのことはある。

　　　　1 達人　　　　　2 職人　　　　　3 人気者　　　　4 有名人

....

解答：

①2　②1　③2　④3　⑤2　⑥2　⑦2　⑧1　⑨4　⑩1

Ⅲ 語彙語意的掌握及正確用法的相關考題

問題3 つぎのことばの使い方として最もよいものを、1・2・3・4から一つ選びなさい。

（　）① おかげ

    1 彼のおかげで、たくさんのお金を損した。

    2 試験に合格できたのは、先生のおかげです。

    3 おかげさまで、今日はいい天気でした。

    4 おかげの下にいるから、涼しいです。

（　）② 実現

    1 長い間の夢が実現した。

    2 理想と実現は違います。

    3 口でばかり言わないで、実現しなさい。

    4 2010年から新しい日本語能力試験が実現された。

（　）③ 担当する

    1 父は一人で、家族を担当している。

    2 宝くじを担当することは難しいでしょう。

    3 この仕事を担当している人を呼んでください。

    4 今日私は20キロの荷物を担当する。

（　）④ とうとう

    1 とうとう行ってしまった。

    2 いくら待っても彼はとうとう来なかった。

    3 とうとう分かってくれました。

    4 とうとう電車に間に合いました。

（　）⑤ 泡

　　1 一日中歩き回ったから、足に泡が出た。

　　2 大きい地震で、一生の努力も水の泡となった。

　　3 泡の靴下を履いている女子高生はかわいいね。

　　4 あまり泡の飲み物を飲まないほうがいいよ。

（　）⑥ 役立つ

　　1 この薬は風邪に役立つ。

　　2 社会に役立つ人間になりたいです。

　　3 子供の役立つにいろいろなことをしました。

　　4 そうすればお互いの役立つことになる。

（　）⑦ ちゃんと

　　1 ちゃんとお金を貸してください。

　　2 テレビを見ないで、ちゃんと勉強しなさい。

　　3 ちゃんといい時に来ましたね。

　　4 先生がちゃんと教えてくれましたよ。

（　）⑧ 不快

　　1 渋滞しているので、バスは不快だ。

　　2 景色を見ようと思ったら、不快な電車に乗ったほうがいい。

　　3 もう時間がありませんから、不快といけない。

　　4 どこからか不快な匂いがする。

（　）⑨ 気に入る

　　1 そのスカートが気に入った。

　　2 車に気に入ってください。

　　3 テストのことについて気に入る。

　　4 わたしは自分の間違いに気に入った。

（　　）⑩ すべて

  1　これは<u>すべて</u>いくらですか。

  2　父は<u>すべて</u>を家族のために捧げました。

  3　日本語は<u>すべて</u>分かります。

  4　今月の売り上げは<u>すべて</u> 30 万円だ。

解答：

①2　　②1　③3　④2　⑤2　⑥2　⑦2　　⑧4　　⑨1　⑩2

考題試作第二回

❶ 依據句中前、後文之語意置入適當語彙的相關考題

問題1 （　　）に入れるのに最もよいものを、1・2・3・4から一つ選びなさい。

（　）① 日本へ来て、もう3年（　　）。

　　　　1 通過した　　　2 経過した　　　3 立った　　　4 過ごした

（　）② 風邪で、のどの（　　）が悪い。

　　　　1 よう　　　　　2 調子　　　　　3 スタイル　　　4 現状

（　）③ けがをして、足に（　　）残った。

　　　　1 傷　　　　　　2 跡　　　　　　3 染み　　　　　4 泡

（　）④ 多くの国では食糧不足が（　　）な問題となっている。

　　　　1 真剣　　　　　2 深刻　　　　　3 可哀相　　　　4 慎重

（　）⑤ 私は人の痛みを（　　）、心の優しい人になりたいです。

　　　　1 感じて　　　　2 感動して　　　3 味わって　　　4 感心して

（　）⑥ 彼は（　　）があって、面白い人です。

　　　　1 リズム　　　　2 ユーモア　　　3 レベル　　　　4 ハンサム

（　）⑦ この時計は日本（　　）です。

　　　　1 産　　　　　　2 作　　　　　　3 製　　　　　　4 造

（　）⑧ この部屋は北（　　）です。

　　　　1 向き　　　　　2 向かい　　　　3 開け　　　　　4 面

（　）⑨（　　　）帰りましょう。

　　　　1 ときどき　　　2 そろそろ　　　3 しんと　　　4 いつも

（　）⑩ 両親は（　　）して、わたしたちを育ててくれました。

　　　　1 工夫　　　　2 功夫　　　　3 苦労　　　　4 功労

解答：

① 3　② 2　③ 1　④ 2　⑤ 1　⑥ 2　⑦ 3　⑧ 1　⑨ 2　⑩ 3

Ⅱ 語意相近的語彙代換相關考題

問題2　＿＿＿＿に意味が最も近いものを、1・2・3・4から一つ選びなさい。

（　）① すこし太ったから、ズボンが<u>きつい</u>です。

　　　　1 小さい　　　2 長い　　　3 ベスト　　　4 短い

（　）② 決まった<u>場所</u>に物を置きなさい。

　　　　1 役所　　　2 場合　　　3 台所　　　4 位置

（　）③ 昨日、頭が痛かったから、会社を<u>早退した</u>。

　　　　1 早く行った　　2 早く出た　　3 遅刻した　　4 退職した

（　）④ 運転する時、交通<u>ルール</u>を守らないといけない。

　　　　1 道路　　　2 信号　　　3 規則　　　4 標示

（　　）⑤ 彼は<u>貧乏</u>な生活をしています。

　　　　　1 はげしい　　　2 いそがしい　3 まずしい　　4 えらい

（　　）⑥ これは壊れていますから、<u>修理して</u>ください。

　　　　　1 整理して　　　2 直して　　　　3 修正して　　4 治して

（　　）⑦ 重要な語彙を<u>覚えた</u>ほうがいいですよ。

　　　　　1 認めた　　　　2 見つけた　　　3 暗記した　　4 記憶した

（　　）⑧ <u>急に</u>雨が降ってきました。

　　　　　1 すぐ　　　　　2 とつぜん　　　3 いそいで　　4 はやく

（　　）⑨ 父は小さい会社で<u>働いて</u>います。

　　　　　1 通勤して　　　2 仕事して　　　3 動いて　　　　4 出勤して

（　　）⑩ 携帯電話が机から<u>消えた</u>。

　　　　　1 なくなった　2 にげた　　　　3 おとした　　4 とった

　　　　　　・・

解答：

①1　②4　③2　④3　⑤3　⑥2　⑦3　⑧2　⑨2　⑩1

Ⅲ 語彙語意的掌握及正確用法的相關考題

問題3 つぎのことばの使い方として最もよいものを、1・2・3・4から一つ選びなさい。

（　）① 飼う

1 父は5人の家族を飼っています。

2 ペットを飼おうと思っている。

3 花を飼いたいです。

4 家の犬は2匹の子犬を飼っています。

（　）② お見舞い

1 友達の結婚のお見舞いに2万円を送った。

2 今日は誕生日だから、たくさんのお見舞いをもらった。

3 入院している先生のお見舞いに参りました。

4 試合の後で、サークルのメンバーにお見舞いを持って行った。

（　）③ 短気

1 彼は短気な人で、すぐ怒り出す。

2 もう短気ですから、はやく救急車を呼んでください。

3 ゆっくり息を吸って、短気しないで。

4 部屋は短気していますから、窓を開けましょうか。

（　）④ 懐かしい

1 昨日、駅で転んでしまって、とても懐かしかった。

2 家へ帰ったら、犬はすぐ横に来てとてもわたしに懐かしい。

3 わたしは下手なので、日本語が上手な人が懐かしい。

4 高校時代の写真を見ると、その頃の友人が懐かしく思い出される。

（　）⑤ 慌てて

　　　1 今朝、朝寝坊したから、慌てて家を出た。

　　　2 事故のことを聞いて、心が慌ててした。

　　　3 雨が慌てて降ってきたから、濡れてしまった。

　　　4 彼は慌てて走ったから、1位をとった。

（　）⑥ 盛ん

　　　1 先輩は盛んにお酒を飲んだ。

　　　2 庭に花の色が盛んだ。

　　　3 高校野球の発展が盛んです。

　　　4 彼女は盛んな花柄のワンピースを着ている。

（　）⑦ アドバイス

　　　1 先生のアドバイスをもらって、留学した。

　　　2 付き合って3年くらいの彼女に、結婚のアドバイスをした。

　　　3 みんなの意見を聞きたいですから、アドバイスをした。

　　　4 おじさんとアドバイスして、明日、訪ねに行く。

（　）⑧ 必ず

　　　1 彼は必ず来ないでしょう。

　　　2 明日、必ず願書を持って来てください。

　　　3 お母さんの料理は必ずおいしいです。

　　　4 明日、必ず雨が降ると思います。

（　）⑨ ぶつぶつ

　　　1 昨日、一日中歩き回ったから、足にぶつぶつができた。

　　　2 悲しくて、涙をぶつぶつ流した。

　　　3 先生はぶつぶつ怒った。

　　　4 男でしょう。ぶつぶつ言わないで、はっきり言って。

（　　）⑩ 早め

    1 お兄さんは<u>早め</u>のスピードを出した。

    2 わたしは姉より<u>早め</u>に結婚した。

    3 いつもより<u>早め</u>に会社を出た。

    4 もう時間がないから、<u>早め</u>にしてください。

解答：

①2　　②3　　③1　　④4　　⑤1　　⑥3　　⑦1　　⑧2　　⑨4　　⑩3

一 外來語語彙 MP3-28))

外來語都是來自於非漢字圈的語彙，大都是無變化的名詞，只要多唸幾次就很容易記住哦！

	日文發音	中文解釋	日文發音	中文解釋
ア行	アイデア	想法、主意	アクセサリー	飾品
	アクセント	重音、音調	アドバイス	建議
	アナウンサー	播音員	アンケート	問卷調查
	アンテナ	天線	イメージ	印象
	インタビュー	訪問	エネルギー	能源
	エンジン	引擎	オイル	石油
	オートバイ	摩托車	オートメーション	自動化
	オーバー	超過、大衣	オフィス	辦公室

	日文發音	中文解釋	日文發音	中文解釋
カ行	カード	卡片	カーブ	彎道
	カタログ	商品目錄	カバー	封套
	カロリー	熱量	キャプテン	船長、機長
	キャンセル	取消	キャンパス	校園
	キャンプ	露營	クーラー	冷氣
	クラシック	古典樂、經典	クラス	教室、班級、課程
	グラフ	圖表	クラブ	社團活動

カ行	クリーム	奶油、面霜	グループ	團體
	ゲーム	遊戲	コーチ	教練
	コート	大衣	コック	廚師
	コピー	影印	コミュニケーション	溝通
	コレクション	收藏品	コンクール	才藝比賽
	コンサート	音樂會	コンピューター	電腦
	コンビニ	便利商店		

	日文發音	中文解釋	日文發音	中文解釋
サ行	サービス	服務	サークル	團體、小組
	サラリーマン	上班族	サンプル	樣品
	シーズン	旺季、季節	シーツ	床單
	シャッター	快門	ショップ	商店
	スカート	裙子	スカーフ	絲巾、圍巾
	スクール	學校	スケート	滑冰
	スケジュール	行程	スタイル	樣態、款式
	ストップ	停止	ストレス	緊張、壓迫、壓力
	スピード	速度	スポーツ	體育、運動
	ズボン	褲子	スマート	苗條、精明
	セット	一組		

日文發音	中文解釋	日文發音	中文解釋
タイプ	類型、打字機	ダイヤ	鑽石
ダンス	舞蹈	チェック	確認、核對
チーム	團隊	チャンス	機會
テキスト	教科書	データ	數據、資料
テーマ	主題	テンポ	拍子
トップ	頂尖	ドライブ	兜風
トラック	卡車	ドラマ	連續劇
トレーニング	訓練、鍛鍊	トンネル	隧道

タ行

日文發音	中文解釋	日文發音	中文解釋
ナンバー	號碼	ニュース	新聞
パーセント	百分比	パイプ	管子
パイロット	飛行員	パス	通過
パソコン	個人電腦	バランス	平衡
ハンサム	英俊	ハンドバッグ	手提包
ハンドル	方向盤	ビール	啤酒
ビタミン	維他命	ビル	大樓
フード	食物	ブーム	熱潮
ファッション	流行	ブラウス	女用襯衫
プラン	計畫	プリント	印刷
プロ	專家	プログラム	節目、程式
ベテラン	資深人員	ベンチ	長椅
ボタン	鈕扣		

ナ・ハ行

	日文發音	中文解釋	日文發音	中文解釋
マ・ヤ・ラ行	マーケット	市場	マイナス	負數
	マスター	碩士、精通	マンション	高級公寓
	メニュー	菜單	メモ	筆記
	メンバー	成員	ユーモア	幽默
	ラッシュアワー	尖峰時間	リズム	節奏
	ルール	規則	レジャー	休閒
	レベル	水準	レンズ	鏡頭
	ロッカー	置物櫃		

二　イ形容詞語彙 MP3-29))

　　形容詞語彙用來修飾名詞，讓句子多些生動活潑的氣氛。通常イ形容詞語彙的漢字字音與日文的發音無關，所以也讓考生不知該如何準備。此單元以五十音排列順序，整理了近百個生活中常用的語彙，相信只要多唸幾次就一定可以記住的喔！只要開始唸了，您就會發現，背誦語彙其實沒有想像中那麼的困難。

　　現在就開始吧！

	日文發音	漢字表記	中文解釋
ア行	あいらしい	愛らしい	可愛的
	あさい	浅い	淺的
	あつかましい	厚かましい	厚臉皮的
	あぶない	危ない	危險的
	あやうい	危うい	危險的
	あらい	荒い	劇烈的
	ありがたい	有り難い	值得感謝的
	あわただしい	慌しい	慌張的
	いさましい	勇ましい	勇敢的
	いそがしい	忙しい	忙碌的
	うつくしい	美しい	美麗的
	うまい	旨い	好吃的、高明的
	うらやましい	羨ましい	羨慕的

	日文發音	漢字表記	中文解釋
ア行	えらい	偉い	偉大的
	おおい	多い	多的
	おおきい	大きい	大的
	おさない	幼い	年幼的
	おしい	惜しい	可惜的
	おそい	遅い	慢的、晚的
	おそろしい	恐ろしい	可怕的
	おとなしい	大人しい	溫和的
	おめでたい	御目出度い	可賀的
	おもい	重い	重的
	おもしろい	面白い	有趣的、風趣的

	日文發音	漢字表記	中文解釋
カ行	かしこい	賢い	聰明的
	かたい	硬い、固い	硬的
	かなしい	悲しい	悲傷的
	かゆい	痒い	癢的
	かわいい	可愛い	可愛的
	きつい	―	嚴苛的、緊的
	きびしい	厳しい	嚴肅的
	くさい	臭い	臭的
	くだらない	―	無聊的
	くやしい	悔しい	懊悔的

力行	くるしい	苦しい	痛苦的
	くわしい	詳しい	詳細的
	けわしい	険しい	險峻的
	こい	濃い	濃郁的
	こいしい	恋しい	懷念的、眷戀的

	日文發音	漢字表記	中文解釋
サ行	さわがしい	騒がしい	吵鬧的
	したしい	親しい	親密的
	しつこい	－	糾纏不止的
	ずうずうしい	－	不要臉的
	すくない	少ない	少的
	すっぱい	酸っぱい	酸的
	するどい	鋭い	尖銳的
	すばらしい	素晴しい	很棒的
	ずるい	－	狡猾的

	日文發音	漢字表記	中文解釋
タ行	たかい	高い	高的、貴的
	たのしい	楽しい	高興的
	たのもしい	頼もしい	可靠的

タ行	たまらない	堪らない	無法承受的
	だらしない	－	沒出息的、邋遢的
	つまらない	詰らない	無趣的、微不足道的
	つめたい	冷たい	冰冷的
	つよい	強い	強的
	つらい	辛い	難受的
	とおい	遠い	遠的

ナ行	日文發音	漢字表記	中文解釋
	ながい	長い	長的
	なつかしい	懐かしい	懷念的
	にぶい	鈍い	鈍的、遲緩的
	ぬるい	温い	溫熱的
	のろい	鈍い	遲緩的、駑鈍的

ハ行	日文發音	漢字表記	中文解釋
	ばからしい	馬鹿らしい	愚蠢的
	はげしい	激しい	激烈的
	はずかしい	恥ずかしい	丟臉的
	ひどい	酷い	嚴酷的、過分的
	ひろい	広い	寬廣的
	ふかい	深い	深的

八行	ふとい	太い	粗的、胖的
	ほそい	細い	纖細的、苗條的

	日文發音	漢字表記	中文解釋
マ・ヤ・ワ行	まずい	－	不好吃的
	まずしい	貧しい	貧困的
	まぶしい	眩しい	刺眼的
	みっともない	－	不像樣的
	みにくい	醜い	醜陋的
	むずかしい	難しい	困難的
	めでたい	目出度い	可賀的
	もったいない	勿体無い	可惜的
	やかましい	喧しい	吵雜的
	ゆるい	緩い	鬆弛的、緩慢的
	わかわかしい	若々しい	有朝氣的

三　ナ形容詞語彙 MP3-30

　　ナ形容詞語彙與イ形容詞語彙一樣，用來修飾名詞，因為ナ形容詞語彙的外型與名詞極為類似，所以考生必須特別注意。

　　別忘了！ナ形容詞修飾名詞時必須以「～な～」作為接續哦！

	日文發音	漢字表記	中文解釋
ア行	あいまい	曖昧	曖昧、含糊
	あきらか	明らか	明亮、顯然
	あしばや	足早	走得快
	あたりまえ	当たり前	理所當然
	あらた	新た	新、重新
	あんい	安易	輕而易舉、容易
	あんか	安価	便宜
	あんせい	安静	安靜
	いがい	意外	意外、想不到
	いだい	偉大	偉大
	おおざっぱ	大雑把	草率
	おしゃべり	お喋り	饒舌、口風不緊、話多
	おだやか	穏やか	穩健
	おも	主	主要

	日文發音	漢字表記	中文解釋
カ行	かいてき	快適	舒適
	かくじつ	確実	確實
	かくべつ	格別	特別
	からっぽ	空っぽ	空
	かわいそう	可哀相	可憐
	きけん	危険	危險
	きちょう	貴重	貴重
	きのどく	気の毒	（感到）可憐
	きみょう	奇妙	奇妙
	きよう	器用	靈巧
	きょだい	巨大	巨大
	きらく	気楽	安樂、無掛慮
	けんきょ	謙虚	謙虛
	げんじゅう	厳重	嚴重
	けんめい	懸命	拚命
	ごういん	強引	強行

	日文發音	漢字表記	中文解釋
サ行	さかさま	逆さま	顛倒
	さかん	盛ん	繁榮
	さわやか	爽やか	清爽
	しあわせ	幸せ	幸福

	日文發音	漢字表記	中文解釋
サ行	しずか	静か	安靜
	じみ	地味	樸素
	じゅうだい	重大	重大
	じょうず	上手	高明
	しんけん	真剣	認真
	しんせつ	親切	親切
	しんせん	新鮮	新鮮
	しんちょう	慎重	慎重
	すなお	素直	直率、誠摯
	せいかく	正確	正確
	せいじつ	誠実	誠實
	そっくり	―	一模一樣
	そっちょく	率直	直率
	そまつ	粗末	粗糙

	日文發音	漢字表記	中文解釋
タ行	たいくつ	退屈	無聊
	だいじ	大事	重要
	たいせつ	大切	重要、珍惜
	だいたん	大胆	大膽
	たいら	平ら	平坦
	だとう	妥当	妥當
	てきせつ	適切	適當
	てごろ	手頃	合適、相當

夕行	とうめい	透明	透明
	とくい	得意	拿手、擅長
	とくしゅ	特殊	特殊

	日文發音	漢字表記	中文解釋
ナ・ハ行	なだらか	－	平穩、順利
	なまいき	生意気	傲慢、自大
	にがて	苦手	不擅長
	にぎやか	賑やか	熱鬧
	のんき	－	無憂無慮
	はで	派手	華麗
	ひま	暇	閒暇
	びみょう	微妙	微妙
	びんぼう	貧乏	貧窮
	ふあん	不安	不安
	ふかい	不快	不愉快
	ふくざつ	複雑	複雜
	ぶじ	無事	平安
	ふへい	不平	不滿
	ふべん	不便	不方便
	へいき	平気	不在乎、無動於衷
	へいぼん	平凡	平凡
	ほがらか	朗らか	開朗、爽快
	ほんとう	本当	真正

	日文發音	漢字表記	中文解釋
マ・ヤ・ラ・ワ行	まじめ	真面目	認真、老實
	まっすぐ	真っすぐ	直接、筆直
	まれ	稀	稀少
	まんぞく	満足	滿足
	みごと	見事	漂亮、出色
	むだ	無駄	徒勞
	めいかく	明確	明確
	めんどう	面倒	麻煩
	ゆうこう	有効	有效
	ゆうめい	有名	有名
	ゆかい	愉快	愉快
	ゆたか	豊か	豐富
	ようち	幼稚	幼稚
	よくばり	欲張り	貪婪
	らく	楽	快樂、容易、輕鬆
	りっぱ	立派	宏偉、氣派
	れいせい	冷静	冷靜
	わがまま	我がまま	任性

四 複合詞語彙 MP3-31

　　如字面所言，結合二個語彙、造就複合意義的新語詞稱為「複合詞」。雖然新日檢N3並沒有「語形成（ごけいせい）」，也就是「複合詞」的題型，但是記住這些語彙有助於對【讀解】文章的理解及【聽解】問題的掌握，花一些時間累積實力是值得的喔！

	日文發音	中文解釋	日文發音	中文解釋
ア行	言い出す	說出、開口	受け付ける	接受、受理
	受け取る	領取、理解	打ち合わせる	商量、磋商
	打ち消す	否認、否定	売り上げる	賣完、賣得
	売り切れる	售完、售出	売り込む	推銷、出賣
	売れ行く	行銷、銷路	追いかける	追趕、緊接著
	追い越す	趕過去、超過	追い付く	追上、趕上
	落ち着く	穩定、安穩、平靜	思い込む	深信、沉思
	思い出す	想起、聯想	思いつく	想起來、想出來

	日文發音	中文解釋	日文發音	中文解釋
カ行	片付ける	整理、收拾	気づく	發覺、發現
	組み立てる	組裝、組合	繰り返す	反覆、一再

| カ行 | 心得る（こころえる） | 領會、允許 | 腰掛ける（こしかける） | 坐下、休息 |
| | 言付ける（ことづける） | 傳言、口信 | | |

	日文發音	中文解釋	日文發音	中文解釋
サ行	先立つ（さきだつ）	站在前頭、比～先死、首要	差し上げる（さしあげる）	贈與、舉起
	差し支える（さしつかえる）	妨礙、障礙	仕上げる（しあげる）	完成、做完
	支払う（しはらう）	付款、支付	締め切る（しめきる）	截止、（期限）到期
	すれ違う（すれちがう）	錯過、會車	座り込む（すわりこむ）	靜坐、坐下

	日文發音	中文解釋	日文發音	中文解釋
タ行	立ち上がる（たちあがる）	升起來、站起來	近づく（ちかづく）	靠近、親近
	近づける（ちかづける）	使靠近、使親近	付き合う（つきあう）	交往、來往
	突き当たる（つきあたる）	撞上、碰上	釣り合う（つりあう）	相稱、平衡
	出会う（であう）	碰見、遇見	出かける（でかける）	外出、出門
	出迎える（でむかえる）	迎接、出迎	溶け込む（とけこむ）	融洽、融化
	飛び出す（とびだす）	露出來、跳出來	取り上げる（とりあげる）	拿取、奪取
	取り入れる（とりいれる）	採用、收穫	取り替える（とりかえる）	更換、交換
	取り組む（とりくむ）	揪住、致力於	取り消す（とりけす）	取消、收回

取り出す	拿出、挑出	取り外す	拆除、摘下

	日文發音	中文解釋	日文發音	中文解釋
ナ・ハ行	長引く	拖延、進展緩慢	泣き出す	哭出來、哭起來
	似合う	相配、相稱	乗り換える	轉乘、換車
	乗り越える	越過、克服	乗り越す	（交通工具）坐過頭、坐過站
	話し合う	對話、商量	話しかける	搭話、打招呼、剛要開口
	話し込む	暢談、只顧著說話	話し出す	說出、開口說
	引き受ける	接受、答應	引き返す	返回、反過來
	引き出す	發揮、拉出	引き止める	制止、挽留
	引っ越す	搬家、遷居	引っ張る	拉、拖、引進、拉攏
	振り込む	進入、存入	振り向く	回頭、回顧
	降り止む	（雨、雪等）停了	微笑む	微笑、（花）初開

	日文發音	中文解釋	日文發音	中文解釋
マ・ヤ行	待ち合わせる	等候會面	間に合う	趕上、來得及
	見送る	送行、目送	見つかる	被找到、被發現
	見つける	找到、發現	見直す	刮目相看、重看

マ・ヤ行	見舞う （みま）	慰問、探視	目指す （めざ）	立下目標、 以〜為目標
	目立つ （めだ）	引人注意、顯眼	申し込む （もう　こ）	報名、申請、 提議、預約
	持ち上げる （も　あ）	拿起、舉起	持ち運ぶ （も　はこ）	搬運、搬送
	呼び掛ける （よ　か）	呼籲、號召	呼び出す （よ　だ）	傳喚、叫〜人出來

五　副詞語彙 MP3-32))

　　副詞用來修飾動詞與形容詞，語意上多用於強調。

　　副詞的數量極多，下表所整理的是生活中經常耳聞以及N3必考的語彙，隨著MP3背誦幾次，就可以輕鬆掌握此單元喔！

日文發音	中文解釋	日文發音	中文解釋
あちこち	到處、各地	あべこべ	相反、顛倒
改<ruby>あらた</ruby>めて	重新	あれこれ	這個那個、種種
案<ruby>あんがい</ruby>外	沒想到、出乎意料	生<ruby>い</ruby>き生<ruby>い</ruby>き	栩栩如生
いきなり	突然	幾<ruby>いくぶん</ruby>分	多少、稍微
いずれ	反正、早晚	いちいち	一個一個
一<ruby>いちじ</ruby>時	暫時、某時	一<ruby>いちど</ruby>度	同時、一同
一<ruby>いちばん</ruby>番	最、首要	いつか	遲早、曾經
一<ruby>いっせい</ruby>斉に	一齊	いつの間<ruby>ま</ruby>にか	不知什麼時候
一<ruby>いっぱん</ruby>般に	一般而言	いつも	總是、經常
今<ruby>いま</ruby>に	過一會兒、不久	今<ruby>いま</ruby>にも	眼看、馬上
いよいよ	終於、更	いらいら	焦急、焦躁
色<ruby>いろいろ</ruby>々	各式各樣	言<ruby>い</ruby>わば	可以說是
所<ruby>いわゆる</ruby>謂	所謂	うっかり	不留神
うろうろ	徘徊、張皇失措	大<ruby>おお</ruby>よそ	大約、差不多

ア行

ア行	恐<ruby>おそ</ruby>らく	恐怕、也許	思<ruby>おも</ruby>い切<ruby>き</ruby>り	盡量地、充分地
	主<ruby>おも</ruby>に	主要是	およそ	凡是、一般說來

	日文發音	中文解釋	日文發音	中文解釋
カ行	反<ruby>かえ</ruby>って	反而、相反地	がっかり	失望
	がっちり	結實、牢固	必<ruby>かなら</ruby>ず	一定、必然
	かなり	很、非常	きちんと	規規矩矩地
	ぎっしり	滿滿地	きっと	一定
	急<ruby>きゅう</ruby>に	突然	ぐっすり	熟睡狀
	くれぐれも	衷心地	現<ruby>げん</ruby>に	現在、確實
	こっそり	偷偷地		

	日文發音	中文解釋	日文發音	中文解釋
サ行	最近<ruby>さいきん</ruby>	近來、最近幾天	盛<ruby>さか</ruby>んに	繁榮地、熱烈地
	さすが	不愧、畢竟	早速<ruby>さっそく</ruby>	立刻、馬上
	さっと	（動作）迅速	ざっと	粗略地
	さっぱり	清爽、一點也不～	直<ruby>じき</ruby>に	馬上
	しっかり	緊密地、牢牢地	じっと	靜止不動地
	実<ruby>じつ</ruby>に	實在、非常	しとしと	潮濕
	しばしば	屢次	しみじみ	深切地
	少々<ruby>しょうしょう</ruby>	稍微	しんと	鴉雀無聲
	少<ruby>すく</ruby>なくとも	至少	少<ruby>すこ</ruby>し	很少、一些

サ行				
	すっかり	完全地	すっきり	舒暢地
	ずっと	一直	既に	以前、曾經
	すべて（の）	一切、全部	せいぜい	充其量
	折角	特意地	せっせと	拚命地
	是非とも	務必	せめて	至少、起碼
	そっくり	全部	そっと	悄悄地
	そのうち	不久、過些日子	そろそろ	就要～

	日文發音	中文解釋	日文發音	中文解釋
タ行	大して	沒什麼	大体	大致上
	確か	的確	直ちに	立刻、直接
	忽ち	很快、一會兒	たっぷり	充足地
	例え	即使	例えば	例如
	度々	屢次、再三	多分	大概
	偶々	偶爾、碰巧	偶に	偶爾
	単に	只、僅	近頃	非常
	近々	近日	ちなみに	附帶、順便
	ちゃんと	確實地、規矩地	つい	不知不覺地
	ついでに	順便	ついに	終於

	次々 (つぎつぎ)	接連不斷	常に (つね)	經常
	つまり	也就是	どうか	請、好歹
	どうしても	無論如何也	どうせ	終歸、反正
	当然 (とうぜん)	當然	とうとう	終於
夕行	どうにか	好歹、設法	時々 (ときどき)	有時候
	どきどき	心跳快速狀	特に (とく)	特別、尤其
	所々 (ところどころ)	到處	突然 (とつぜん)	突然、忽然
	とっくに	很早以前	兎に角 (と) (かく)	總之、姑且
	どんどん	接連不斷	どんなに	如何、多麼

	日文發音	中文解釋	日文發音	中文解釋
	なかなか	很、非常	何しろ (なに)	總之
	何分 (なにぶん)	請	なんで	為什麼
ナ行	何でも (なん)	不管如何	何とか (なん)	設法
	なんとなく	總覺得	にこにこ	笑瞇瞇
	のろのろ	慢吞吞地	のんびり	悠閒地

	日文發音	中文解釋	日文發音	中文解釋
八行	はきはき	有精神地	初めて (はじ)	初次
	果たして (は)	果然	はっきりと	清楚、明確

八行	はっと	突然想起	早（はや）めに	提前
	ぴかぴか	光亮、閃耀	ぴったりと	緊緊地、準確
	広々（ひろびろ）	寬廣	ぶつぶつ	嘀咕、牢騷
	ふと（ふっと）	忽然、不經意	ふわふわ	輕飄飄、柔軟
	別々（べつべつ）	各別、各自	方々（ほうぼう）	到處、各方面
	ほっと	輕鬆狀、嘆息貌	殆ど（ほとん）	幾乎、差不多
	ほぼ	大約	ぼんやり	隱約地、發呆

	日文發音	中文解釋	日文發音	中文解釋
マ行	まさか	難道	正（まさ）に	正好、正如
	益々（ますます）	越發、愈	真（ま）っ青（さお）に	（臉色）蒼白
	真（ま）っ先（さき）に	最先	真（ま）っ白（しろ）に	雪白狀
	まっすぐに	筆直、直接	間（ま）もなく	不久、馬上
	寧ろ（むし）	寧可	めいめい	各自
	めっきり	急劇、明顯地	滅多（めった）に	不常、不多
	もう	已經	もうすぐ	快要〜、就快〜
	勿論（もちろん）	當然	もっと	更、進一步
	最（もっと）も	最	元々（もともと）	原來、根本

	日文發音	中文解釋	日文發音	中文解釋
ヤ・ワ行	やがて	不久、大約	約 やく	大約
	やっと	好不容易	矢張り や　は	畢竟、果然
	やや	稍微	ゆっくり	慢慢地
	ようやく	總算、漸漸	わざと	故意地
	僅か わず	一點點	割に わり	比較地

六 接續詞語彙 MP3-33

　　有別於「助詞」用來接續語彙之間的關係，「接續詞」則是用來連結句子之間的關係，閱讀句子或是文章時，是否能完全掌握句意，端賴「接續詞」的掌握與否，因為「接續詞」扮演著關鍵的功能。以下整理的重要「接續詞」，要好好記住喔！

接續詞	功能	中文解釋
ゆえに、だから、それで、そのために	順接表現	因為～所以～
が、でも、しかし、けれども、ところが、それなのに	逆接表現	雖然、儘管
では、すると、それなら、それでは	條件表現	如果、那麼
ただし	提醒表現	但是
そして、それから	並列表現	然後、此外
また、それに、そのうえ、しかも	附加表現	而且、又
つまり、いわば、すなわち	語彙轉換表現	也就是
または、あるいは	選擇表現	或者
そこで	事件的契機表現	於是就
ところで、さて	話題轉換表現	對了、那麼

七　動詞語彙

　　動詞有三大類型，依其「語尾」的不同，可區分為ＧⅠ：第一類動詞、ＧⅡ：第二類動詞、ＧⅢ：第三類動詞。

　　日語的語彙中，名詞的數量最多，其次即是動詞。但是動詞不同於名詞的單純性，通常一個動詞都擁有多種的解釋及多重的變化，而且各個變化都有其獨立的用法與功能。因此本單元除了挑選N3必考動詞之外，並一一加上例句，並標示其動詞類型，以幫助讀者學習和記憶。

　　雖然N3必考的動詞數量頗多，但是只要能記住動詞的表現，要輕鬆通過新日檢N3的考試應該不是難事喔！（表格中的「類別」，Ⅰ代表ＧⅠ，Ⅱ代表ＧⅡ，Ⅲ代表ＧⅢ）

MP3-34))

	日文發音 漢字表記	類別	例句 中文解釋
ア行	合う	Ⅰ	このネクタイはスーツとよく合う。 這個領帶與西裝很搭配。
	上がる	Ⅰ	階段を上がって、2階の部屋に入った。 上樓梯進了二樓的房間。
	飽きる	Ⅱ	この絵本は何度読んでも飽きない。 這本繪本百讀不厭。
	飽きれる	Ⅱ	ほんとうに飽きれた話ですね。 真是令人厭煩的話題呀！
	あげる	Ⅱ	友達に誕生日のプレゼントをあげます。 給朋友生日禮物。

ア行	挙<ruby>あ<rt></rt></ruby>げる	II	弟<ruby>おとうと<rt></rt></ruby>は来月<ruby>らいげつ<rt></rt></ruby>結婚式<ruby>けっこんしき<rt></rt></ruby>を挙<ruby>あ<rt></rt></ruby>げる。 弟弟下個月舉行結婚典禮。
	憧<ruby>あこが<rt></rt></ruby>れる	II	妹<ruby>いもうと<rt></rt></ruby>は都会<ruby>とかい<rt></rt></ruby>の生活<ruby>せいかつ<rt></rt></ruby>に憧<ruby>あこが<rt></rt></ruby>れている。 妹妹嚮往都會的生活。
	味<ruby>あじ<rt></rt></ruby>わう	I	この料理<ruby>りょうり<rt></rt></ruby>を味<ruby>あじ<rt></rt></ruby>わってみてください。 請品嚐這道菜看看。
	預<ruby>あず<rt></rt></ruby>かる	I	荷物<ruby>にもつ<rt></rt></ruby>を預<ruby>あず<rt></rt></ruby>かるところがない。 沒有保管行李的地方。
	預<ruby>あず<rt></rt></ruby>ける	II	ホテルに荷物<ruby>にもつ<rt></rt></ruby>を預<ruby>あず<rt></rt></ruby>けた。 把行李寄放在飯店了。
	遊<ruby>あそ<rt></rt></ruby>ぶ	I	息子<ruby>むすこ<rt></rt></ruby>は今<ruby>いま<rt></rt></ruby>、公園<ruby>こうえん<rt></rt></ruby>で友達<ruby>ともだち<rt></rt></ruby>と遊<ruby>あそ<rt></rt></ruby>んでいる。 兒子現在，和朋友在公園玩著。
	与<ruby>あた<rt></rt></ruby>える	II	学生<ruby>がくせい<rt></rt></ruby>に奨励<ruby>しょうれい<rt></rt></ruby>を与<ruby>あた<rt></rt></ruby>える。 給學生獎勵。
	当<ruby>あ<rt></rt></ruby>たる	I	彼<ruby>かれ<rt></rt></ruby>の投<ruby>な<rt></rt></ruby>げたボールが顔<ruby>かお<rt></rt></ruby>に当<ruby>あ<rt></rt></ruby>たった。 他投的球打到了臉。
	扱<ruby>あつか<rt></rt></ruby>う	I	思<ruby>おも<rt></rt></ruby>い出<ruby>で<rt></rt></ruby>のあるものだから、気<ruby>き<rt></rt></ruby>をつけて扱<ruby>あつか<rt></rt></ruby>ってください。 因為是充滿回憶的東西，所以請小心使用。
	謝<ruby>あやま<rt></rt></ruby>る	I	悪<ruby>わる<rt></rt></ruby>いと思<ruby>おも<rt></rt></ruby>ったら、すぐ謝<ruby>あやま<rt></rt></ruby>りなさい。 覺得錯了的話，要馬上道歉！
	洗<ruby>あら<rt></rt></ruby>う	I	昨日<ruby>きのう<rt></rt></ruby>の夜<ruby>よる<rt></rt></ruby>、髪<ruby>かみ<rt></rt></ruby>を洗<ruby>あら<rt></rt></ruby>った。 昨晚洗了頭髮。
	争<ruby>あらそ<rt></rt></ruby>う	I	つまらないことで争<ruby>あらそ<rt></rt></ruby>うな。 別為了小事爭辯！

	改_{あらた}める	II	その悪_{わる}い習慣_{しゅうかん}は改_{あらた}めなさい。 改掉那個壞習慣！
	現_{あらわ}れる	II	悩_{なや}んでいるのが顔_{かお}に現_{あらわ}れる。 露出苦惱的神色。
	慌_{あわ}てる	II	今日_{きょう}は朝寝坊_{あさねぼう}したので、慌_{あわ}てて家_{いえ}を出_でた。 今天早上睡過頭，所以匆忙出了門。
	暗記_{あんき}する	III	一生懸命_{いっしょうけんめい}単語_{たんご}を暗記_{あんき}する。 努力地背誦單字。
	苛_{いじ}める	II	弱_{よわ}いものを苛_{いじ}めるな。 不准欺負弱小！
ア行	抱_{いだ}く	I	理想_{りそう}を抱_{いだ}いて外国_{がいこく}へ勉強_{べんきょう}に行_いった。 懷抱理想到國外求學了。
	痛_{いた}む	I	お腹_{なか}が痛_{いた}んで、何_{なに}も食_たべられない。 肚子痛，什麼都不能吃。
	祈_{いの}る	I	日本語能力試験_{にほんごのうりょくしけん}に合格_{ごうかく}できるように祈_{いの}ります。 祈求能通過日本語能力測驗。
	祝_{いわ}う	I	新_{あたら}しい年_{とし}を祝_{いわ}って乾杯_{かんぱい}しましょう。 為祝賀新的一年乾杯吧！
	承_{うけたまわ}る	I	お中元_{ちゅうげん}のご注文_{ちゅうもん}を承_{うけたまわ}ります。 接受中元節的訂貨。
	受_うける	II	7月_{しちがつ}に日本語能力試験_{にほんごのうりょくしけん}を受_うけようと思_{おも}っている。 七月想要參加日本語能力測驗。
	動_{うご}く	I	ガソリンが切_きれたから、車_{くるま}が動_{うご}かない。 因為沒有油了，所以車子不動了。

ア行	失う	I	せっかくのチャンスを失った。 失去了難得的機會。
	薄める	II	氷でブランデーを薄める。 用冰塊稀釋白蘭地。
	疑う	I	私は彼が取ったのではと疑っている。 我懷疑是他拿的。
	移す	I	この荷物をそちらに移してください。 請將這個行李移到那裡。
	選ぶ	I	正しい答えを選びなさい。 請選擇正確的答案！
	得る	II	親の許しを得て家を出た。 取得雙親的同意離開了家。
	追いつく	I	いくら頑張っても彼に追いつかない。 無論怎麼努力都追不上他。
	終える	II	仕事が終えたら、一緒に飲もう。 工作結束後，一起喝一杯吧！
	送る	I	日本の友達にカードを送った。 寄了卡片給日本的朋友。
	遅れる	II	今日、会社に遅れました。 今天上班遲到了。
	怒る	I	どうか怒らないでください。 請不要生氣。
	抑える	II	涙を抑えて事情を説明した。 忍住淚水說明了事情原委。

ア行	日文發音 漢字表記	類別	例句 中文解釋
	収める _{おさ}	II	彼はネット商売で大金を収めた。 _{かれ しょうばい たいきん おさ} 他因網路販賣獲得了巨款。
	納める _{おさ}	II	国民は税金を納めないといけない。 _{こくみん ぜいきん おさ} 國民必須要繳稅。
	恐れる _{おそ}	II	自信があれば、恐れることは何もない。 _{じしん おそ なに} 有自信，就無所畏懼。
	踊る _{おど}	I	妹は踊るのがたいへん上手だ。 _{いもうと おど じょうず} 妹妹很會跳舞。
	覚える _{おぼ}	II	日本人の名前はなかなか覚えられない。 _{にほんじん なまえ おぼ} 日本人的名字怎麼也記不住。

MP3-35))

	日文發音 漢字表記	類別	例句 中文解釋
カ行	飼う _か	I	ペットを飼おうと思っている。 _{か おも} 我想要養寵物。
	返す _{かえ}	I	借りたお金を返してください。 _{か かね かえ} 請將借款還我。
	変える _か	II	髪形を変えようと思っている。 _{かみがた か おも} 正想改變髮型。
	換える _か	II	台湾元を日本円に換える。 _{たいわんげん にほんえん か} 將台幣換成日圓。
	抱える _{かか}	II	彼は何か悩みを抱えているようだ。 _{かれ なに なや かか} 他好像有什麼煩惱的樣子。

カ行	輝く かがや	I	クリスマスのネオンが<u>輝</u>いている。 かがや 耶誕節的霓虹燈光彩耀眼。
	欠ける か	II	コップが<u>欠</u>けてしまった。 か 杯子缺了個口。
	囲む かこ	I	子供たちが先生を<u>囲</u>んで楽しく歌っている。 こども せんせい かこ うた 小孩們圍繞著老師快樂地唱著歌。
	飾る かざ	I	お客さんが来るから、部屋を花で<u>飾</u>りましょう。 きゃく く へや はな かざ 有客人要來，所以用花裝飾房間吧！
	貸す か	I	千円くらい<u>貸</u>してくれますか。 せんえん か 可以借我一千元左右嗎？
	数える かぞ	II	空に<u>数</u>え切れない星がある。 そら かぞ き ほし 天空有數不盡的星星。
	片寄る かたよ	I	新聞社Aは、この事件についての解釈が しんぶんしゃ エー じけん かいしゃく <u>片寄</u>っている。 かたよ A報社對這個事件的解釋有偏頗。
	語る かた	I	警察に事情を詳しく<u>語</u>りました。 けいさつ じじょう くわ かた 對警察詳細地敘述了事件。
	悲しむ かな	I	妹はペットの死を<u>悲</u>しんでいる。 いもうと し かな 妹妹為寵物的死而哀傷。
	構う かま	I	この部屋は掃除しなくても<u>構</u>いませんよ。 へや そうじ かま 這個房間不打掃也沒關係喔！
	通う かよ	I	子供は7歳から学校に<u>通</u>います。 こども ななさい がっこう かよ 小孩從七歲開始上學。
	借りる か	II	銀行からお金を<u>借</u>りました。 ぎんこう かね か 向銀行借了錢。

力行	可愛がる （かわい）	I	小（ちい）さいときは祖父（そふ）が可愛（かわい）がってくれました。 小時候爺爺很疼我。
	渇く （かわ）	I	その犬（いぬ）はのどが渇（かわ）いているようだ。 那隻狗好像很渴的樣子。
	代わる （か）	I	担当者（たんとうしゃ）は林（りん）さんから張（ちょう）さんに代（か）わった。 負責人從林先生改為張先生。
	考える （かんが）	II	兄（あに）は新（あたら）しい会社（かいしゃ）を作（つく）ることを考（かんが）えています。 哥哥考慮要成立新公司。
	感謝する （かんしゃ）	III	クラスメートの忠告（ちゅうこく）に感謝（かんしゃ）している。 感謝同學的忠告。
	感じる （かん）	II	手術（しゅじゅつ）したばかりなので、まだ痛（いた）みを感（かん）じる。 由於才剛動完手術，所以還覺得痛。
	消える （き）	II	お金（かね）が机（つくえ）から消（き）えた。 錢從桌上消失了。
	効く （き）	I	これは風邪（かぜ）によく効（き）く薬（くすり）です。 這是對感冒很有效的藥。
	刻む （きざ）	I	まず玉（たま）ねぎを細（こま）かく刻（きざ）んでから、鍋（なべ）に入（い）れます。 先將洋蔥切碎，然後放入鍋中。
	記念する （きねん）	III	卒業（そつぎょう）を記念（きねん）して、写真（しゃしん）を撮（と）った。 紀念畢業，拍了相片。
	区切る （くぎ）	I	文章（ぶんしょう）を区切（くぎ）ってゆっくり読（よ）もう。 將文章分段慢慢唸吧！
	腐る （くさ）	I	それはもう腐（くさ）っているので、食（た）べないでください。 那個已經壞掉了，請不要吃。

力行	崩す	I	バランスを崩して転んでしまいました。
			失去平衡而摔倒了。
	崩れる	II	積んでいた荷物が崩れた。
			堆積的貨物倒塌了。
	くたびれる	II	たいへんくたびれてぐっすり寝てしまった。
			很疲累所以睡得很沉。
	組む	I	皆に都合を聞いてから、スケジュールを組みます。
			問大家的時間之後，製作時程表。
	曇る	I	空が曇って来ました。
			天空變陰陰的。
	暮らす	I	祖母はたった1人で暮らしています。
			祖母獨自一人生活著。
	加える	II	鍋に砂糖と醤油を加えてください。
			請在鍋裡加糖和醬油。
	消す	I	部屋を出るとき、電気を消してください。
			離開房間時，請關燈。
	削る	I	不況で、来年度の予算が半分に削られた。
			因為不景氣，明年度的預算被刪減了一半。
	超える	II	今日、気温が３０度を超えました。
			今天，氣溫超過了三十度。
	好む	I	子供は甘いものを好む。
			小孩喜歡甜食。
	困る	I	困ったら、誰かに相談したほうがいいですよ。
			如果有困擾的話，找個人商量比較好喔！

	日文發音 漢字表記	類別	例句 中文解釋
カ行	込む <small>こ</small>	I	ラッシュアワーですから、電車は込んでいます。 <small>でんしゃ　こ</small> 因為是尖峰時間，所以電車很擁擠。
	壊す <small>こわ</small>	I	弟がデジカメを壊してしまった。 <small>おとうと　　　　　こわ</small> 弟弟弄壞了數位相機。
	壊れる <small>こわ</small>	II	テレビが壊れている。 <small>こわ</small> 電視機壞了。

MP3-36))

	日文發音 漢字表記	類別	例句 中文解釋
サ行	探す <small>さが</small>	I	母はよく眼鏡を探している。 <small>はは　　　めがね　さが</small> 媽媽經常在找眼鏡。
	溯る <small>さかのぼ</small>	I	京都で歴史を溯る旅をしてみたい。 <small>きょうと　れきし　さかのぼ　たび</small> 想試著在京都來趟追溯歷史之旅。
	下がる <small>さ</small>	I	今月の電話料金は先月より下がりました。 <small>こんげつ　でんわりょうきん　せんげつ　さ</small> 這個月的電話費比上個月降低了。
	咲く <small>さ</small>	I	庭にきれいな花が咲いています。 <small>にわ　　　　　はな　さ</small> 庭院裡開著漂亮的花。
	避ける <small>さ</small>	II	わたしは夜道を避けるようにしている。 <small>よみち　さ</small> 我盡量避免走夜路。
	下げる <small>さ</small>	II	頭を下げて父に謝った。 <small>あたま　さ　　　ちち　あやま</small> 向父親低頭道歉。
	差し支える <small>さ　つか</small>	II	辞書がないと勉強に差し支える。 <small>じしょ　　　　　　べんきょう　さ　つか</small> 沒有字典的話，會影響學習。

サ行	差す	I	雨なのに、彼女は傘を差さずに家を出ました。 明明下雨，她卻不撐傘就出門了。
	指す	I	その矢印は右を指している。 那個箭頭指著右方。
	冷ます	I	まだ熱いので、冷ましてから食べよう。 還很燙，所以涼了以後再吃吧！
	覚める	II	今朝5時ごろ、目が覚めました。 今天早上五點左右就醒了。
	冷める	II	どうぞ冷めないうちに召し上がってください。 請趁熱享用。
	触る	I	痛いですから、触らないでください。 很痛，所以請不要摸。
	沈む	I	夕日が海に沈みました。 夕陽沉入了海裡。
	従う	I	子供は親の話に従うべきだ。 小孩應該聽從父母的話。
	質問する	III	分からないことがあったら、質問してください。 如果有不清楚的地方，請提問。
	死ぬ	I	同僚は交通事故で死にました。 同事死於交通事故。
	閉める	II	非常口を閉めるな。 不准關閉緊急出口！
	占める	II	ベッドが部屋の半分を占める。 床佔了房間的一半。

サ行	生<ruby>しょう</ruby>じる	II	火<ruby>か</ruby>事<ruby>じ</ruby>によって、大変<ruby>たいへん</ruby>な被<ruby>ひ</ruby>害<ruby>がい</ruby>が生<ruby>しょう</ruby>じた。 因火災而造成了嚴重的損害。
	食<ruby>しょく</ruby>事<ruby>じ</ruby>する	III	毎<ruby>まい</ruby>週<ruby>しゅう</ruby>土<ruby>ど</ruby>曜<ruby>よう</ruby>日<ruby>び</ruby>に実<ruby>じっ</ruby>家<ruby>か</ruby>へ帰<ruby>かえ</ruby>り、母<ruby>はは</ruby>と食<ruby>しょく</ruby>事<ruby>じ</ruby>します。 每個星期六回娘家，和媽媽吃飯。
	調<ruby>しら</ruby>べる	II	今<ruby>いま</ruby>どきの若<ruby>わか</ruby>者<ruby>もの</ruby>は、パソコンを使<ruby>つか</ruby>って情<ruby>じょう</ruby>報<ruby>ほう</ruby>を調<ruby>しら</ruby>べる。 現在的年輕人，使用個人電腦查詢資訊。
	知<ruby>し</ruby>る	I	新<ruby>あたら</ruby>しい日<ruby>に</ruby>本<ruby>ほん</ruby>語<ruby>ご</ruby>能<ruby>のう</ruby>力<ruby>りょく</ruby>試<ruby>し</ruby>験<ruby>けん</ruby>の内<ruby>ない</ruby>容<ruby>よう</ruby>を知<ruby>し</ruby>っていますか。 你知道新制日本語能力測驗的內容嗎？
	信<ruby>しん</ruby>じる	II	わたしは神<ruby>かみ</ruby>様<ruby>さま</ruby>がいると信<ruby>しん</ruby>じています。 我相信有神的存在。
	空<ruby>す</ruby>く	I	お腹<ruby>なか</ruby>が空<ruby>す</ruby>いています。 肚子餓。
	優<ruby>すぐ</ruby>れる	II	彼<ruby>かれ</ruby>の日<ruby>に</ruby>本<ruby>ほん</ruby>語<ruby>ご</ruby>はクラスの誰<ruby>だれ</ruby>よりも優<ruby>すぐ</ruby>れている。 他的日文比班上任何人都優秀。
	過<ruby>す</ruby>ごす	I	正<ruby>しょう</ruby>月<ruby>がつ</ruby>休<ruby>やす</ruby>みは海<ruby>かい</ruby>外<ruby>がい</ruby>で過<ruby>す</ruby>ごしたいです。 過年的休假想在國外渡過。
	進<ruby>すす</ruby>む	I	仕<ruby>し</ruby>事<ruby>ごと</ruby>は順<ruby>じゅん</ruby>調<ruby>ちょう</ruby>に進<ruby>すす</ruby>んでいる。 工作很順利進行著。
	進<ruby>すす</ruby>める	II	町<ruby>まち</ruby>の建<ruby>けん</ruby>設<ruby>せつ</ruby>を進<ruby>すす</ruby>めている。 正在進行城鎮的建設。
	捨<ruby>す</ruby>てる	II	ここにごみを捨<ruby>す</ruby>てるな。 不准在這裡丟垃圾！
	済<ruby>す</ruby>ませる	II	やっと仕<ruby>し</ruby>事<ruby>ごと</ruby>を済<ruby>す</ruby>ませました。 工作終於做完了。

	日文發音 漢字表記	類別	例句 中文解釋
サ行	住_すむ	I	静_{しず}かなところに住_すみたいです。 想住在安靜的地方。
	済_すむ	I	仕事_{しごと}が済_すんだら、一緒_{いっしょ}に飲_のもう。 工作結束後，一起喝一杯吧！
	接_{せっ}する	III	親切_{しんせつ}な態度_{たいど}でお客_{きゃく}さんに接_{せっ}する。 用親切的態度接待客人。
	責_せめる	II	彼_{かれ}1人_{ひとり}を責_せめられない。 不能只責備他一個人。
	相談_{そうだん}する	III	先生_{せんせい}に進路_{しんろ}を相談_{そうだん}するつもりだ。 打算和老師商量未來的出路。
	備_{そな}える	II	各部屋_{かくへや}にネットワークが備_{そな}えてある。 各房間都備有網路。
	育_{そだ}つ	I	この学校_{がっこう}からは優秀_{ゆうしゅう}な技術者_{ぎじゅつしゃ}がたくさん育_{そだ}っていった。 從這個學校培育出眾多優秀的技術人員。
	揃_{そろ}う	I	みんな揃_{そろ}ったら、出_でかけましょう。 大家到齊後，就出門吧！

MP3-37))

	日文發音 漢字表記	類別	例句 中文解釋
タ行	倒_{たお}れる	II	台風_{たいふう}で木_きが倒_{たお}れました。 因颱風樹木倒了。
	炊_たく	I	炊飯器_{すいはんき}でご飯_{はん}を炊_たきました。 用電子鍋煮了飯。

タ行	抱く (だ)	I	泣いている赤ん坊を抱いてやりました。 抱起了正在哭泣的嬰兒。
	蓄える (たくわ)	II	毎月、給料の中から少しずつ蓄えています。 每個月，從薪水中一點一點地儲蓄。
	助かる (たす)	I	忙しいとき君が来てくれて、本当に 助かりました。 忙碌中幸虧你來了，真是幫了我大忙。
	出す (だ)	I	日本の友人に手紙を出した。 寫信給日本的友人。
	訪ねる (たず)	II	先週、高校時代の先生を訪ねました。 上週，拜訪了高中時期的老師。
	立つ (た)	I	どうぞ立ってください。 請站起來。
	経つ (た)	I	時間が経ったら、だんだん忘れていくでしょう。 時間過了就會慢慢遺忘吧。
	建てる (た)	II	親のために田舎に家を建てました。 為了雙親在鄉下建了房子。
	例える (たと)	II	人々はよく人生を旅に例える。 人們總是把人生比喻成旅程。
	頼む (たの)	I	日本の友達に頼んで、デジカメを買って もらった。 託日本的朋友幫忙，買了數位相機。
	騙す (だま)	I	彼は信じていた人に騙されて、落ち込んでいる。 他被信賴的人欺騙，所以很沮喪。

夕行	貯まる（た）	I	お金がなかなか貯まらない。 錢不太能存起來。
	黙る（だま）	I	妹は何も言わずに黙っています。 妹妹什麼話都不說地沉默著。
	試す（ため）	I	自分の力を試すため、日本語能力試験を受けようと思っている。 為了試試自己的能力，想參加日本語能力測驗。
	頼る（たよ）	I	5年間、親の援助に頼り、日本で勉強した。 五年中，依賴父母的援助，在日本唸了書。
	違う（ちが）	I	わたしと姉は性格がまったく違う。 我和姐姐個性完全不同。
	頂戴する（ちょうだい）	III	結構なものを頂戴しました。 拿到了很棒的東西。
	疲れる（つか）	II	3時間も残業したので、とても疲れました。 加班了三個小時，所以很疲累。
	着く（つ）	I	飛行機は夕方に空港に着く予定です。 飛機預計傍晚抵達機場。
	作る（つく）	I	趣味は料理を作ることです。 興趣是做菜。
	付ける（つ）	II	料理に味をつけました。 在料理中調味了。
	伝える（つた）	II	ご両親によろしくと伝えてください。 請向您雙親問好。
	続く（つづ）	I	最近は悪い天気が続いている。 最近壞天氣持續著。

夕行	続ける	II	ダイエットはまだ続けるつもりだ。 還打算持續減肥下去。
	包む	I	きれいな紙でプレゼントを包んだ。 用漂亮的紙張包裝禮物。
	勤める	II	母は市役所に勤めている。 母親在市公所上班。
	努める	II	夢が実現するよう努めている。 為了實現夢想努力著。
	繋がる	I	電話が繋がりましたよ。 電話接通了喔！
	潰す	I	じゃが芋を潰してサラダにしました。 將馬鈴薯搗碎做成了沙拉。
	潰れる	II	不景気で、多くの会社が潰れた。 因為不景氣，很多公司倒閉了。
	連れる	II	彼女を家に連れて帰った。 帶女朋友回家了。
	手伝う	I	わたしは母の皿洗いを手伝った。 我幫忙媽媽洗了碗盤。
	照らす	I	月の光が公園を照らしている。 月光照亮著公園。
	照る	I	今日は太陽がさんさんと照っている。 今天太陽燦爛地照耀著。
	伝達する	III	Eメールで社長の指示を伝達した。 用電子郵件傳達了社長的指示。

タ行	通る （とお）	I	工事中だから、その道は通れない。 （こうじちゅう）（みち）（とお） 施工中，所以那條路無法通行。
	解く （と）	I	靴の紐を解いた。 （くつ）（ひも）（と） 解開了鞋帶。
	閉じる （と）	II	教科書を閉じてください。 （きょうかしょ）（と） 請把教科書闔起來。
	飛ぶ （と）	I	飛行機が頭の上を飛んでいきました。 （ひこうき）（あたま）（うえ）（と） 飛機從頭上飛過了。
	泊まる （と）	I	日本に行ったら、叔父の家に泊まります。 （にほん）（い）（おじ）（うち）（と） 去日本的話，住叔叔的家。
	止める （と）	II	郵便局の前に車を止めてください。 （ゆうびんきょく）（まえ）（くるま）（と） 請在郵局前面停車。
	捕らえる （と）	II	みんなの協力によって泥棒を捕らえた。 （きょうりょく）（どろぼう）（と） 因為大家的協力，抓到了小偷。
	努力する （どりょく）	III	努力した結果、見事に成功した。 （どりょく）（けっか）（みごと）（せいこう） 努力的結果，終於成功了。
	撮る （と）	I	ここで写真を1枚撮ろう。 （しゃしん）（いちまい）（と） 在這裡拍一張照片吧！
	取る （と）	I	わたしは3日間の休みを取った。 （みっかかん）（やす）（と） 我拿到了三天的休假。

MP3-38

日文發音 漢字表記	類別	例句 中文解釋
治<ruby>なお<rt></rt></ruby>る	I	もう風邪<ruby>かぜ<rt></rt></ruby>が治<ruby>なお<rt></rt></ruby>りましたか。 感冒已經好了嗎？
眺<ruby>なが<rt></rt></ruby>める	II	電車<ruby>でんしゃ<rt></rt></ruby>の窓<ruby>まど<rt></rt></ruby>から風景<ruby>ふうけい<rt></rt></ruby>を眺<ruby>なが<rt></rt></ruby>める。 從電車的窗戶眺望風景。
泣<ruby>な<rt></rt></ruby>く	I	どこからか女<ruby>おんな<rt></rt></ruby>の人<ruby>ひと<rt></rt></ruby>が泣<ruby>な<rt></rt></ruby>いている声<ruby>こえ<rt></rt></ruby>が聞<ruby>き<rt></rt></ruby>こえる。 不知從何處傳來女人的哭泣聲。
鳴<ruby>な<rt></rt></ruby>く	I	夜中<ruby>よなか<rt></rt></ruby>に猫<ruby>ねこ<rt></rt></ruby>の鳴<ruby>な<rt></rt></ruby>き声<ruby>ごえ<rt></rt></ruby>がして、とても怖<ruby>こわ<rt></rt></ruby>いです。 深夜裡貓的叫聲，非常恐怖。
無<ruby>な<rt></rt></ruby>くなる	I	そろそろガソリンが無<ruby>な<rt></rt></ruby>くなるようです。 汽油好像快沒了。
亡<ruby>な<rt></rt></ruby>くなる	I	父<ruby>ちち<rt></rt></ruby>は去年<ruby>きょねん<rt></rt></ruby>、がんで亡<ruby>な<rt></rt></ruby>くなりました。 父親去年，因癌症而過世了。
怠<ruby>なま<rt></rt></ruby>ける	II	勉強<ruby>べんきょう<rt></rt></ruby>を怠<ruby>なま<rt></rt></ruby>けるな。 學習不可偷懶！
悩<ruby>なや<rt></rt></ruby>む	I	がんばっても成績<ruby>せいせき<rt></rt></ruby>が伸<ruby>の<rt></rt></ruby>びないので、悩<ruby>なや<rt></rt></ruby>んでいる。 就算努力成績也無法提升，所以苦惱著。
習<ruby>なら<rt></rt></ruby>う	I	母<ruby>はは<rt></rt></ruby>に家庭料理<ruby>かていりょうり<rt></rt></ruby>を習<ruby>なら<rt></rt></ruby>いました。 向母親學了家常菜。
並<ruby>なら<rt></rt></ruby>ぶ	I	語彙<ruby>ごい<rt></rt></ruby>は五十音順<ruby>ごじゅうおんじゅん<rt></rt></ruby>に並<ruby>なら<rt></rt></ruby>んでいる。 語彙依五十音順序排列著。
並<ruby>なら<rt></rt></ruby>べる	II	本棚<ruby>ほんだな<rt></rt></ruby>に本<ruby>ほん<rt></rt></ruby>を並<ruby>なら<rt></rt></ruby>べました。 把書排列在書架了。

ナ行

	慣れる（な）	II	もう新しい仕事に慣れましたか。 已經習慣了新的工作嗎？
	逃げる（に）	II	速く逃げろ！ 趕快逃！
	似る（に）	II	彼のシャツはわたしのと似ている。 他的襯衫和我的很相似。
	盗む（ぬす）	I	泥棒にお金を盗まれた。 錢被小偷偷了。
ナ行	願う（ねが）	I	あなたの幸せを心から願っている。 打從心裡願你幸福。
	狙う（ねら）	I	彼は部長の座を狙っています。 他覬覦經理的職位。
	残す（のこ）	I	兄はメモを残して出かけました。 哥哥留了便條出門去了。
	残る（のこ）	I	おかずがたくさん残ってしまった。 菜餚剩下很多。
	除く（のぞ）	I	彼女を除いて適当な人はいない。 除了她以外，沒有適當的人選。
	望む（のぞ）	I	先生は、学生全員が合格することを望んでいる。 老師期望全體學生都能合格。
	飲む（の）	I	お酒を飲んだら、運転するな。 如果喝了酒，就不准開車！
	伸ばす（の）	I	妹は髪を肩まで伸ばしている。 妹妹留著及肩的長髮。

ナ行	<ruby>登<rt>のぼ</rt></ruby>る	I	<ruby>階段<rt>かいだん</rt></ruby>を<ruby>登<rt>のぼ</rt></ruby>って<ruby>神社<rt>じんじゃ</rt></ruby>へ<ruby>行<rt>い</rt></ruby>く。 爬上台階往神社走。
	<ruby>乗<rt>の</rt></ruby>る	I	バスには<ruby>乗<rt>の</rt></ruby>らず、<ruby>歩<rt>ある</rt></ruby>いて<ruby>学校<rt>がっこう</rt></ruby>へ<ruby>行<rt>い</rt></ruby>った。 不搭巴士，走路去上學了。

MP3-39 🔊

	日文發音 漢字表記	類別	例句 中文解釋
ハ行	<ruby>配達<rt>はいたつ</rt></ruby>する	III	<ruby>1<rt>いち</rt></ruby><ruby>日<rt>にち</rt></ruby><ruby>1<rt>いっ</rt></ruby><ruby>回<rt>かい</rt></ruby>、<ruby>郵便<rt>ゆうびん</rt></ruby>が<ruby>配達<rt>はいたつ</rt></ruby>されます。 郵件一天配送一次。
	<ruby>入<rt>はい</rt></ruby>る	I	<ruby>涼<rt>すず</rt></ruby>しい<ruby>風<rt>かぜ</rt></ruby>が<ruby>窓<rt>まど</rt></ruby>から<ruby>入<rt>はい</rt></ruby>った。 涼風從窗口進來了。
	<ruby>生<rt>は</rt></ruby>える	II	<ruby>薬<rt>くすり</rt></ruby>を<ruby>塗<rt>ぬ</rt></ruby>ったので、<ruby>髪<rt>かみ</rt></ruby>の<ruby>毛<rt>け</rt></ruby>が<ruby>生<rt>は</rt></ruby>えてきた。 因為塗了藥，所以頭髮長了出來。
	<ruby>運<rt>はこ</rt></ruby>ぶ	I	<ruby>彼<rt>かれ</rt></ruby>が<ruby>荷物<rt>にもつ</rt></ruby>を<ruby>運<rt>はこ</rt></ruby>んでくれました。 他為我搬運了行李。
	<ruby>始<rt>はじ</rt></ruby>まる	I	<ruby>授業<rt>じゅぎょう</rt></ruby>は<ruby>9<rt>く</rt></ruby><ruby>時<rt>じ</rt></ruby>から<ruby>始<rt>はじ</rt></ruby>まります。 課程從九點開始。
	<ruby>始<rt>はじ</rt></ruby>める	II	そろそろ<ruby>始<rt>はじ</rt></ruby>めましょう。 差不多該開始了吧！
	<ruby>走<rt>はし</rt></ruby>る	I	バスは<ruby>学校<rt>がっこう</rt></ruby>の<ruby>前<rt>まえ</rt></ruby>を<ruby>走<rt>はし</rt></ruby>っている。 巴士行駛過學校前面。
	<ruby>外<rt>はず</rt></ruby>れる	II	<ruby>今日<rt>きょう</rt></ruby>も<ruby>天気<rt>てんき</rt></ruby><ruby>予報<rt>よほう</rt></ruby>が<ruby>外<rt>はず</rt></ruby>れた。 今天氣象預報又失準了。

八行	働く はたら	I	兄_{あに}は銀行_{ぎんこう}で働_{はたら}いています。 哥哥在銀行工作。
	発達する はったつ	III	台湾_{たいわん}は半導体_{はんどうたい}の技術_{ぎじゅつ}が発達_{はったつ}している。 台灣半導體的技術很發達。
	話す はな	I	今_{いま}、先輩_{せんぱい}と話_{はな}しています。 現在，正和前輩交談中。
	省く はぶ	I	手間_{てま}を省_{はぶ}くため、電子_{でんし}レンジをよく使_{つか}う。 為了省事，經常使用微波爐。
	離れる はな	II	わたしは親_{おや}と離_{はな}れて暮_くらしています。 我和父母親分開生活著。
	流行る はや	I	最近_{さいきん}、流行_{はや}っているものは何_{なん}ですか。 最近在流行什麼呢？
	払う はら	I	毎月_{まいつき}、家賃_{やちん}をちゃんと払_{はら}っている。 每個月，確實地付房租。
	晴れる は	II	晴_はれた日_ひにはよく公園_{こうえん}へ行_いきます。 晴天的日子常去公園。
	光る ひか	I	彼女_{かのじょ}の目_めには涙_{なみだ}が光_{ひか}っていた。 她的眼睛閃爍著淚光。
	開く ひら	I	デパートは10時_{じゅうじ}に開_{ひら}く。 百貨公司十點開門。
	拾う ひろ	I	昨日_{きのう}、学校_{がっこう}で携帯電話_{けいたいでんわ}を拾_{ひろ}った。 昨天，在學校撿到了手機。
	吹く ふ	I	最近_{さいきん}は毎日_{まいにち}のように風_{かぜ}が吹_ふいています。 最近好像每天都吹著風。

	日文發音 漢字表記	類別	例句 中文解釋
ハ行	拭<ふ>く	I	ハンカチで眼鏡<めがね>を拭<ふ>いた。 用手帕擦了眼鏡。
	防<ふせ>ぐ	I	がんを防<ふせ>ぐための健康講座<けんこうこうざ>を聞<き>きに行<い>った。 去聽防癌的健康講座了。
	太<ふと>る	I	冬休<ふゆやす>みにゆっくり休<やす>んだから、３キロも太<ふと>った。 因為寒假好好休息了，所以胖了有三公斤之多。
	降<ふ>る	I	昨日<きのう>は一日中<いちにちじゅう>ずっと雨<あめ>が降<ふ>っていた。 昨天一整天一直都下著雨。
	触<ふ>れる	II	危<あぶ>ないですから、絶対<ぜったい>に触<ふ>れないでください。 因為很危險，所以請絕對不要碰。
	褒<ほ>める	II	試験<しけん>の結果<けっか>がよかったので、先生<せんせい>に褒<ほ>められた。 由於考試的結果很好，所以被老師稱讚了。

MP3-40))

	日文發音 漢字表記	類別	例句 中文解釋
マ行	任<まか>せる	II	その仕事<しごと>はわたしに任<まか>せてください。 那個工作請交給我。
	曲<ま>がる	I	前<まえ>の角<かど>を曲<ま>がるとデパートがあります。 前面的路口一轉彎，就有百貨公司。
	混<ま>ざる	I	水<みず>と油<あぶら>は混<ま>ざらない。 水和油不會混合。
	混<ま>ぜる	II	ご飯<はん>に納豆<なっとう>を混<ま>ぜて食<た>べます。 將納豆混入飯中食用。

マ行	間違える （まちが）	II	約束の時間を間違えたので、遅刻してしまった。 搞錯約定的時間，所以遲到了。
	祭る （まつ）	I	4月5日は先祖を祭る日です。 四月五日是祭拜祖先的日子。
	学ぶ （まな）	I	日本へ行ってマスコミを学んだ。 去日本學了大眾傳播。
	招く （まね）	I	わたしはよく外国人留学生を食事に招く。 我經常招待外國留學生吃飯。
	守る （まも）	I	交通ルールを守りましょう。 遵守交通規則吧！
	迷う （まよ）	I	道に迷ったら、警察に聞いたほうがいい。 如果迷路的話，問警察比較好。
	回る （まわ）	I	観光バスで町を一周回りました。 搭觀光巴士繞了城鎮一圈。
	磨く （みが）	I	1日に3回歯を磨きます。 一天刷牙三次。
	見付ける （みつ）	II	やっといい仕事を見付けた。 終於找到好工作。
	認める （みと）	II	やっと作家として認められた。 終於被認可是作家了。
	見直す （みなお）	I	今度のことで彼を見直した。 因為這次的事件，對他有了新的認識。
	診る （み）	II	歯が痛いので、医者に診てもらった。 因為牙痛，所以看了醫生。

マ行	向<ruby>向<rt>む</rt></ruby>かう	I	<ruby>子供<rt>こども</rt></ruby>がわたしに<u>向<ruby><rt>む</rt></ruby>かって</u><u>走<ruby><rt>はし</rt></ruby>って</u><u>来<ruby><rt>き</rt></ruby>た</u>。 小孩朝我跑了過來。
	<ruby>迎<rt>むか</rt></ruby>える	II	<ruby>優勝<rt>ゆうしょう</rt></ruby>した<ruby>選手<rt>せんしゅ</rt></ruby>たちを<ruby>拍手<rt>はくしゅ</rt></ruby>で<u>迎<ruby><rt>むか</rt></ruby>えた</u>。 用拍手迎接了優勝的選手。
	<ruby>向<rt>む</rt></ruby>く	I	<ruby>部屋<rt>へや</rt></ruby>の<ruby>窓<rt>まど</rt></ruby>は<ruby>通<rt>とお</rt></ruby>りに<u>向<ruby><rt>む</rt></ruby>いて</u>いる。 房間的窗戶面向馬路。 <ruby>彼<rt>かれ</rt></ruby>は<ruby>研究者<rt>けんきゅうしゃ</rt></ruby>に<u>向<ruby><rt>む</rt></ruby>いて</u>いる。 他適合當研究人員。
	<ruby>蒸<rt>む</rt></ruby>す	I	これは<u>蒸<ruby><rt>む</rt></ruby>して</u>から<u>食<ruby><rt>た</rt></ruby>べて</u>ください。 這個請蒸後食用。
	<ruby>迷惑<rt>めいわく</rt></ruby>する	III	テレビの<ruby>大<rt>おお</rt></ruby>きな<ruby>音<rt>おと</rt></ruby>に<u>迷惑<ruby><rt>めいわく</rt></ruby>して</u>いる。 為電視的大聲而苦惱。
	<ruby>召<rt>め</rt></ruby>し<ruby>上<rt>あ</rt></ruby>がる	I	ご<ruby>飯<rt>はん</rt></ruby>はもう<u>召<ruby><rt>め</rt></ruby>し<ruby>上<rt>あ</rt></ruby>がり</u>ましたか。 已經用過餐了嗎？
	<ruby>面<rt>めん</rt></ruby>する	III	このホテルは<ruby>海<rt>うみ</rt></ruby>に<u>面<ruby><rt>めん</rt></ruby>して</u><u>建<ruby><rt>た</rt></ruby>って</u>いる。 這家飯店面海建造。
	<ruby>儲<rt>もう</rt></ruby>ける	II	お<ruby>金<rt>かね</rt></ruby>を<u>儲<ruby><rt>もう</rt></ruby>けて</u><ruby>家族<rt>かぞく</rt></ruby>を<ruby>養<rt>やしな</rt></ruby>う。 賺錢養家。
	<ruby>申<rt>もう</rt></ruby>す	I	わたしは<ruby>余<rt>よ</rt></ruby>と<u>申<ruby><rt>もう</rt></ruby>します</u>。どうぞよろしく。 我姓余。請多多指教。
	<ruby>用<rt>もち</rt></ruby>いる	II	<ruby>新<rt>あたら</rt></ruby>しい<ruby>方法<rt>ほうほう</rt></ruby>を<u>用<ruby><rt>もち</rt></ruby>いて</u>やってみよう。 採用新的方法試試看吧！
	<ruby>持<rt>も</rt></ruby>つ	I	<ruby>細<rt>こま</rt></ruby>かいお<ruby>金<rt>かね</rt></ruby>を<u>持<ruby><rt>も</rt></ruby>って</u>いますか。 有零錢嗎？

	求_{もと}める	II	わたしは彼_{かれ}に助言_{じょげん}を求_{もと}めた。 我向他徵求了建議。
マ行	戻_{もど}る	I	自分_{じぶん}の席_{せき}に戻_{もど}りなさい。 回到自己的座位！
	もらう	I	彼_{かれ}からもらった時計_{とけい}はとてもきれいだ。 他送的手錶非常漂亮。

MP3-41))

	日文發音 漢字表記	類別	例句 中文解釋
ヤ・ワ行	焼_やく	I	焼_やいたパンにバターをつけて食_たべます。 在烤過的麵包塗上奶油後食用。
	雇_{やと}う	I	その会社_{かいしゃ}は1000人_{にん}もの社員_{しゃいん}を雇_{やと}っている。 那家公司僱有一千名員工。
	破_{やぶ}れる	II	破_{やぶ}れた靴下_{くつした}を履_はいている。 穿著破掉的襪子。
	止_やめる	II	父_{ちち}は健康_{けんこう}のためにタバコを止_やめました。 父親為了健康戒菸了。
	辞_やめる	II	彼_{かれ}は病気_{びょうき}で会社_{かいしゃ}を辞_やめました。 他因病辭職了。
	止_やむ	I	やっと雨_{あめ}が止_やんだ。 雨終於停了。
	呼_よぶ	I	すみませんが、タクシーを呼_よんで いただけませんか。 不好意思，可以幫我叫計程車嗎？

ヤ・ワ行	喜ぶ	I	いつでも喜んでお手伝い致します。 隨時都很樂意為您效勞。
	弱める	II	ガスの火を弱めてください。 請將瓦斯的火關小。
	別れる	II	駅で友人と別れた。 在車站和朋友分手。
	分かれる	II	大学は4つの学年に分かれている。 大學分成四個學年。
	沸く	I	お湯が沸いたら、お茶を入れてください。 如果水開了，請泡茶。
	分ける	II	このケーキをみんなで分けて食べよう。 這個蛋糕大家分著吃吧！
	忘れる	II	今日、財布を忘れて家を出てしまった。 今天，忘了帶錢包就出門了。
	渡す	I	林君にこの本を渡してください。 請將此書交給林同學。
	渡る	I	橋を渡ると、大きいスーパーがあります。 一過橋，就有大型超市。
	笑う	I	彼はおかしいことを言って、皆に笑われました。 他說了奇怪的事，被大家嘲笑。

新日檢N3言語知識
（文字‧語彙‧文法）全攻略

第三單元
文法篇

　　本單元整理了近100則文法句型，包含一、助詞；二、具有助詞功能的文法；三、授受表現；四、被動、使役、使役被動；五、假設、假設逆態；六、逆接；七、複合詞；八、「する」、「なる」；九、「そう」；十、「よう」；十一、敬語等相關句型。只要依書中整理的順序記憶，透過模擬練習題確認，就可以在最短的時間內記住相關的重點句型。

準備要領

　　舊制日本語能力測驗二級中約有170則文法句型，而新日檢N3則是以以下二個基準，挑選出新的文法範圍：

　　＜Ⅰ＞ 日常生活中與他人溝通時必要的語文能力

　　＜Ⅱ＞ 為了達成某種特殊目的時必備的語文能力

　　另外，新日檢N3文法考題分為三大題型，分別為：

　　第一大題：傳統的文法表現題型，考生的經驗法則有助於答題的技巧，此部分約有13小題。

　　第二大題：句型重組題型，是難度較高的新增題型，考生必須對句子結構具有通盤的理解及有重組能力才能充分掌握，此部分約有5小題。

　　第三大題：文章表現題型，是難度較高的新增題型，考生必須依文章的脈絡置入適當的句型或語彙，此部分約有5小題。

　　本單元以重點整理的方式，為考生歸納整理了十一個重點，包括一、非學不可的助詞；二、具有助詞功能的文法句型；三、授受表現的相關句型；四、被動、使役、使役被動的相關句型；五、假設、假設逆態的相關句型；六、逆接的相關句型；七、複合詞的相關句型；八、「する」、「なる」的相關句型；九、「そう」的相關句型；十、「よう」的相關句型；十一、敬語的相關表現。近100則的文法句型，考生只要依書中整理的順序記憶，透過模擬練習題確認，就可以在最短的時間內記住相關的重點句型。

　　以下是新日檢N3的文法考試題型，考生可先行試作考題，了解出題的形式，對後續文法句型的掌握及記憶，必能達到事半功倍的效果。

考題試作

❶ 文法表現題型：依據前、後文之語意置入恰當的表現

問題1　つぎの文の（　　）に入れるのに最もよいものを、1・2・3・4から一つ選びなさい。

（　）① 今回の旅行（　　　）、それぞれ意見を述べてください。
　　　　1 に関して　　　2 において　　　3 について　　　4 に対して

（　）② たとえ親に（　　）、わたしは日本へ留学に行きたい。
　　　　1 反対しても　　　　　　　　2 反対されても
　　　　3 反対されるも　　　　　　　4 反対されなくても

（　）③ 学生時代（　　）、わたしはよく映画を楽しんだ。
　　　　1 を通じて　　　2 に際して　　　3 にわたって　　4 にかけて

（　）④ 会議の日にちと時間が決まり（　　）、お知らせします。
　　　　1 につけて　　　2 次第　　　　3 の際　　　　4 うちに

（　）⑤ いくら大変でも、この仕事はやり（　　）つもりだ。
　　　　1 だす　　　　2 つく　　　　3 ぬく　　　　4 おわる

（　）⑥ 彼はコンピューター会社に勤めているから、コンピューター（　　）
　　　　ことには詳しい。
　　　　1 における　　　2 なら　　　　3 に関する　　　4 について

（　）⑦ 父はいつも忙しいので、日曜日（　　）休めない。
　　　　1 くらい　　　2 さえ　　　　3 こそ　　　　4 だけ

（　）⑧ この仕事は経験（　　　）誰でもできます。

　　　　1 ぬきに　　　　　2 は別として　　3 を問わず　　　4 とともに

（　）⑨ 八百屋にはキャベツ（　　　）きゅうり（　　　）たくさんの野菜が

　　　　並んでいる。

　　　　1 は / は　　　　2 と / と　　　　3 も / も　　　4 やら / やら

解答：

①3　②2　③1　④2　⑤3　⑥3　⑦2　⑧3　⑨4

II 句型重組題型：作出句子正確的排列組合，並選出＿★＿位置的答案

問題2　つぎの文の＿★＿に入る最もよいものを、1・2・3・4から一つ選びなさい。

（　）① 昨日 ＿＿＿ ＿＿＿ ＿★＿ ＿＿＿ ケーキはおいしかった。

　　　　1 から　　　　　　2 友達　　　　　3 日本の　　　　4 もらった

（　）② 車 ＿＿＿ ＿＿＿ ＿＿＿ ＿★＿ 運動不足になりますよ。

　　　　1 と　　　　　　　2 使って　　　　3 いる　　　　　4 ばかり

（　）③ 机の下 ＿＿＿ ＿＿＿ ＿＿＿ ＿★＿ 寝ています。

　　　　1 に　　　　　　　2 が　　　　　　3 1匹　　　　　4 猫

（　）④ 予習はともかく、復習 ＿＿＿＿ ★ ＿＿＿＿ ＿＿＿＿ がいい。

1 した　　　　　2 できるだけ　3 ほう　　　　　4 も

（　）⑤ A「今日、林さんも来ますか」

B「さあ、＿＿＿＿ ＿＿＿＿ ★ ＿＿＿＿ 分かりません」

1 か　　　　　　2 さっぱり　　3 来る　　　　　4 どうか

（　）⑥ 風が強い日 ★ ＿＿＿＿ ＿＿＿＿ ＿＿＿＿ ごみが入って困る。

1 に　　　　　　2 目　　　　　3 よく　　　　　4 は

（　）⑦ 昨日、友達と「友禅」＿＿＿＿ ★ ＿＿＿＿ ＿＿＿＿ 食事しました。

1 で　　　　　　2 店　　　　　3 言う　　　　　4 と

（　）⑧ 東京で最大規模かつ ★ ＿＿＿＿ ＿＿＿＿ ＿＿＿＿ 芸術祭が 開催されます。

1 の　　　　　　2 歴史　　　　3 もっとも　　　4 ある

（　）⑨ この統計 ＿＿＿＿ ＿＿＿＿ ＿＿＿＿ ★ 酒やタバコは健康に 有害だとのこと。

1 ように　　　　2 を　　　　　3 分かる　　　　4 見ても

（　）⑩ A「どこかにお出かけですか」

B「＿＿＿＿ ★ ＿＿＿＿ ＿＿＿＿ なんですが、一緒に 行きませんか」

1 行く　　　　　2 に　　　　　3 ところ　　　　4 食事

．．

解答：
①1　②1　③3　④2　⑤4　⑥4　⑦3　⑧3　⑨1　⑩2

Ⅲ 文章表現題型：依據文章前、後文之關係，置入恰當的表現

問題3 つぎの文章を読んで、①から⑤の中に入る最もよいものを、
1・2・3・4から一つ選びなさい。

「忍耐について」

　　探険家　①　の必要な条件とは何だろう。第一に勇気である。
危険に対して尻ごみ注をするようでは、　②　探険家にはなれない。
第二に、沈着冷静な判断力である。この判断力を持たないと、
勇気は無謀な蛮勇になってしまう。第三に——私はこれが　③
大切な条件だと思うが——忍耐力だ。

　　忍耐　④　が勇気と胆力を育て、冷静な判断力を養うのであ
る。……（略）

　　人生　⑤　未知の世界を日毎に自分で切り拓いてゆく探険行、
それが人間の一生なのである。

注 尻ごみ：前へ進まないこと。

（森本哲郎『生き方の研究』による）

( ) ①	1 として	2 に対して	3 にとって	4 に関して
( ) ②	1 けっして	2 とうとう	3 やっと	4 もちろん
( ) ③	1 特に	2 最も	3 たいへん	4 大事に
( ) ④	1 ぐらい	2 まで	3 さえ	4 こそ
( ) ⑤	1 と思う	2 と考える	3 と言う	4 と思われる

....

解答：

①3　②1　③2　④4　⑤3

B

　七十年代に入ると、第一世代の客たちがそれぞれに年を取って、毎晩酒を飲むことが少なくなったことの　①　、家が遠くなったり、車に乗るようになったりで、だんだん⑤足が遠くなっていった。……（略）わたしも店に寄る回数が減っていった。

　　②　ママは変わらなかった。いや変えようとしなかった。自分の生きざまにプライドを　③　いたのか、カラオケブームにも背を向けた。食べ物、着物、道具、それぞれにすべてがホンモノ志向だった。好きな野草を自宅で育てて、毎日店の一輪挿しに仕立てていたのも、人手を加えた盆栽よりも、自然そのものの野草を愛していたからであろう。……（略）

　八十年代には、客が一段と減った。おそらく赤字経営だったであろう。そんな苦況にも　④　、病気や五月の連休、夏休みを除いて、店を休むことはなかった。……（略）

（田中俊郎『時代に媚びない人だった』による）

（　）① 1 いがい　　　　2 ほかに　　　　3 そのうえ　　4 それで
（　）② 1 だから　　　　2 それで　　　　3 それから　　4 それでも
（　）③ 1 抱いて　　　　2 捨てて　　　　3 無くして　　4 探して
（　）④ 1 かかわりなく　2 気にする　　　3 かかわる　　4 気にせず
（　）⑤「足が遠くなっていった」というのはどんなことですか。

　　　　1 遠くなったということ　　　　2 行かなくなったということ
　　　　3 いなくなったということ　　　　4 遅くなったということ

解答：

①2　②4　③1　④4　⑤2

詞性說明

　　在正式進入文法句型學習前，請考生們再次確認動詞、イ形容詞、ナ形容詞、名詞等詞性的基本概念，有了這些基礎就能更快地掌握相關句型的連接方式喔！

基本詞性

詞性	範例
動詞	読^よむ　（閱讀）
イ形容詞	おいしい　（好吃的）
ナ形容詞	親切^{しんせつ}　（親切）
名詞	先生^{せんせい}　（老師）

普通形

詞性	現在肯定	現在否定	過去肯定	過去否定
動詞	読む	読まない	読んだ	読まなかった
イ形容詞	おいしい	おいしくない	おいしかった	おいしくなかった
ナ形容詞	親切だ	親切ではない	親切だった	親切ではなかった
名詞	先生だ	先生ではない	先生だった	先生ではなかった

動詞詞性

動詞詞性	連接形式
動詞辭書形	読^よむ
動詞ない形	読^よま
動詞ます形	読^よみ
動詞て形	読^よんで
動詞ている形	読^よんでいる
動詞た形	読^よんだ
動詞假定形	読^よめば
動詞意向形	読^よもう

一 非學不可的助詞

　　助詞用來連接語彙與語彙之間的關係，這點想必考生們應該已經很清楚了。如何正確地使用助詞，一直以來都是考生們頭痛的問題。為了解決此問題，本單元將同類功能的助詞歸納整合，透過說明與例句，讓考生能省時省力地，一次就完整地複習所有相關的助詞。

（一）強調助詞 MP3-42))

001 ～が

　　用於敘述某物的內容或加強語氣的敘述，通常以「～は～が＋敘述文」的形式出現。

連接 ▶ 名詞 ＋ が

例句 ▶ 台南は食べ物がおいしいです。
　　　台南的食物很好吃。

　　　▶ 蛇は足がありません。
　　　蛇沒有腳。

002 ～も

　　中文解釋為「～之多」、「甚至～」。用於強調程度之高、數量之大，或是事件之不尋常。

連接 ▶ 名詞 ＋ も

例句 ▶ 毎日１５時間も働いている。

竟然每天工作十五個小時（之多）。

▶ 今日は忙しくてご飯を食べる時間もなかった。

今天忙到連吃飯的時間都沒有。

(003) ～（助詞）＋は

表示語氣上的積極性。強調時，「は」可以接在「に」、「で」、「へ」之下使用。

連接 ▶ 名詞 ＋ には ／ では ／ へは

例句 ▶ 朝10時には着きます。

早上十點抵達。

▶ ＭＲＴの中では物を食べてはいけません。

捷運裡面不可吃東西。

(004) ～（で）さえ

中文解釋為「連～」。舉某一極端的例子，強調比此例更高或更低程度的事物。

連接 ▶ 名詞 ＋（で）さえ

例句 ▶ 父は仕事が忙しくて、日曜日さえ休めない。

父親工作忙碌，甚至連星期天都不能休息。

▶ 子供でさえ分かることだ。

這是連小孩都知道的事。

(005) ～まで

中文解釋為「甚至～」。與 (004) 的功能相同。強調同類事物的增添。

連接 ▶ 名詞 ＋ まで

例句 ▶ 子供<ruby>子供<rt>こども</rt></ruby>までわたしのことを<ruby>馬鹿<rt>ばか</rt></ruby>にする。

連小孩都欺負我。

▶ <ruby>最近<rt>さいきん</rt></ruby>は<ruby>老人<rt>ろうじん</rt></ruby>までダンスを<ruby>習<rt>なら</rt></ruby>っている。

最近連老人都學跳舞。

(006) ～だけ

中文解釋為「盡量～」、「盡管～」。用來強調盡量、或是盡可能的程度。

連接 ▶ 名詞・イ形容詞・ナ形容詞（な）・動詞辭書形 ＋ だけ

例句 ▶ できるだけ<ruby>今月中<rt>こんげつちゅう</rt></ruby>に<ruby>借金<rt>しゃっきん</rt></ruby>を<ruby>返<rt>かえ</rt></ruby>します。

我盡量在這個月裡還錢。

▶ ここにあるものは、ほしいだけ<ruby>持<rt>も</rt></ruby>って<ruby>行<rt>い</rt></ruby>ってください。

這裡有的東西，想要的都請拿去吧！

(007) ～こそ

中文解釋為「才～」、「正是～」。說話者以肯定的態度強調某事物時使用。

連接 ▶ 名詞 ＋ こそ

例句 ▶ <ruby>今年<rt>ことし</rt></ruby>こそ<ruby>日本語能力試験<rt>にほんごのうりょくしけん</rt></ruby>にパスするぞ。

今年一定要通過日本語能力測驗唷！

▶ <ruby>京都<rt>きょうと</rt></ruby>こそ<ruby>日本<rt>にほん</rt></ruby>を<ruby>代表<rt>だいひょう</rt></ruby>する<ruby>町<rt>まち</rt></ruby>です。

唯有京都才是代表日本的城市。

（二）限定助詞 MP3-43))

001 ～で

中文解釋為「在～之中」、「就～」。用於時間與空間事物及人物的限定表現。

連接 ▶ 名詞 ＋ で

例句 ▶ 台湾でどこが一番好きですか。

在台灣你最喜歡哪裡呢？

▶ 2人でこの仕事をやろう。

就我們二個人做這件工作吧！

002 ～だけ

中文解釋為「只有～」。用於提示限定的對象、範圍、程度、性質、數量等。

連接 ▶ 名詞 ＋ だけ

例句 ▶ 彼女だけがわたしのいい友達です。

只有她是我的好朋友。

▶ 納豆だけはどうしても苦手です。

只有納豆我真的沒辦法吃。

(003) ～しか～（ない）

中文解釋為「只有～」。用於提示（限定）除此之外沒有其他的選擇。
文末以否定表現結束。

連接 ▶ 名詞 ＋ しか～（ない）

例句 ▶ 教室には学生が３人しかいません。

教室裡只有三個學生。

▶ 今日は５０元しか持っていません。

今天我只有五十元。

(004) ～さえ

中文解釋為「只要～」。用於如果限定的條件成立的話，就必然會發生
的事實。通常與條件句型「さえ～ば」或「さえ～なら」搭配表現。

連接 ▶ 名詞 ＋ さえ ＋ 條件句型

例句 ▶ 体さえ丈夫なら、どこにでも遊びに行きたい。

只要身體好，哪裡都想去玩。

▶ 漬物さえあれば、ご飯を何杯でも食べられます。

只要有醬菜，幾碗飯都吃得下。

(005) ～ばかり

中文解釋為「光～」、「只～」、「淨是～」。用於提示同樣的（限定的）
東西或狀態很多。句子通常含有負面的評價。

連接 ▶ 名詞・動詞て形 ＋ ばかり

例句 ▶ 弟はテレビばかり見ている。

弟弟猛看電視。

▶ 先生はいつも怒ってばかりいます。

老師總是在生氣。

006 〜までに

中文解釋為「在〜之前」。用於提示限定的時間期限,表示動作必須在此之前完成。

連接 ▶ 名詞 + までに

例句 ▶ この宿題は10日までに出してください。

這個作業請在十號以前繳交。

▶ 3時までに会社に戻らなければならない。

必須在三點以前回公司。

(三)並列助詞 MP3-44))

001 〜も

中文解釋為「也〜」。用於同類事物的並列。

連接 ▶ 名詞 + も

例句 ▶ 時間もお金もないので、旅行には行けない。

沒時間也沒錢,所以不能去旅行。

▶ この雑誌は内容もいいし、値段も安いです。

這個雜誌內容好,價格又便宜。

(002) ～と

中文解釋為「和」。用於同性質事物的並列（全部表現）。

連接 ▶ 名詞 ＋ と

例句 ▶ かばんの中に鍵と携帯と財布があります。

皮包裡有鑰匙、手機和錢包。

（說明皮包裡，除了這些東西外，沒有其他東西了。）

▶ 会社に張さんと林さんがいます。

在公司裡有張先生和林先生。

（說明公司裡，除了這二位外，沒有其他人了。）

(003) ～や～や

中文解釋為「～啦～」、「～或～」。用於同性質事物的列舉（部分表現），暗示除了舉出的事物之外，還有許多類似的事物。

連接 ▶ 名詞 ＋ や

例句 ▶ かばんの中に鍵や携帯や財布などがあります。

皮包裡有鑰匙、手機、錢包等。

（說明皮包裡，除了這些東西外，還有其他東西。）

▶ 会社に張さんや林さんがいます。

在公司裡有張先生啦、林先生。

（說明公司裡，除了這二位外，還有其他人也在。）

004 ～とか～とか

中文解釋為「～呀～呀」、「又～又～」。與 003 的功能相同，用於同性質事物的列舉（部分表現），暗示除了舉出的事物之外，還有許多類似的事物。

連接 ▶ 名詞・動詞辭書形 ＋ とか

例句 ▶ ゴルフとかテニスとかの運動（うんどう）が好（す）きです。

喜歡高爾夫球呀、網球呀之類的運動。

（說明除了高爾夫球與網球，也喜歡其他運動。）

▶ 時々（ときどき）は散歩（さんぽ）をするとか映画（えいが）を見（み）るとか、気分転換（きぶんてんかん）したほうがいいですよ。

有時候散步呀、看電影呀，轉換心情比較好喔！

005 ～やら～やら

中文解釋為「又～又～」。用於在多項事物中舉出二項為例，暗示除此之外，仍有許多同類的事物。

連接 ▶ 名詞・イ形容詞・動詞辭書形 ＋ やら

例句 ▶ 誕生日（たんじょうび）にケーキやら時計（とけい）やら、プレゼントをたくさんもらいました。

生日時蛋糕呀、鐘錶等等，收到了很多禮物。

▶ 皆（みな）は酒（さけ）を飲（の）むやら歌（うた）を歌（うた）うやら、楽（たの）しくやっています。

大家快樂地喝酒呀、唱歌等。

▶ みんなに祝（いわ）ってもらい、うれしいやら恥（は）ずかしいやら、戸惑（とまど）っています。

受到大家的祝福，又開心又害羞，不知所措。

（四）程度助詞 MP3-45))

001 ～ほど

用於①比喻某狀態（動作）發生時的程度，中文解釋為「到如此的～」、「到那樣的～」；

或是②作為二者比較時的程度提示，中文解釋為「（沒有）那麼～」；

或是③作為程度的基準提示之用，中文解釋為「沒有比～更～」。

連接 ▶ ①動詞普通形 + ほど

②名詞 + ほど + 否定表現

③名詞 + ほど

例句 ▶ 今度の台風は屋根が飛ぶほど風が強かった。

這次的颱風風勢強勁到就像屋頂要飛走了。

▶ 英語は日本語ほど上手ではありません。

英文不像日文這麼擅長。

▶ 彼ほど優しい人はいない。

沒有比他更體貼的人了。

002 ～など

中文解釋為「～之類的」、「像～這樣的」。用於說話者在心理上覺得某事物不重要，或有些許輕視（厭煩）的感覺時，或是對自己的事物表示謙虛的敘述語法。

連接 ▶ 名詞・動詞辭書形 + など

例句 ▶ そんな結果になる<u>など</u>とは考えてもみなかった。

連想都沒想到會造成那種結果。

▶ あの人のこと<u>など</u>聞きたくもない。

那個人的事呀，我根本就不想聽。

003 **〜なんか / 〜なんて**

中文解釋為「〜之類的」、「怎麼會〜」。與 **002** 的功能相同，但是語氣上更強烈，更不客氣。

連接 ▶ 名詞 ＋ なんか / 名詞・動詞辭書形 ＋ なんて

例句 ▶ 化粧<u>なんか</u>していませんよ。

我才沒有化妝呢！

▶ 大人なのに電車の中で漫画を読む<u>なんて</u>、みっともない。

明明就是大人了，怎麼會在電車上看漫畫，真是丟臉。

004 **〜くらい / 〜ぐらい**

用於①比喻某狀態（動作）發生時的程度，中文解釋為「簡直」、「像〜」；

或是②作為二者比較時，動作狀態程度提示，中文解釋為「與〜相同」、「和〜一樣」；

或是③表示程度之最高或最低，中文解釋為「沒有比〜更〜」、「至少還〜」。

連接 ▶ ①動詞普通形 ＋ くらい / ぐらい

②動詞普通形・イ形容詞・名詞・ナ形容詞な ＋ くらい / ぐらい

③名詞 ＋ くらい / ぐらい

例句 ▶ 今朝の地震は本棚の本が落ちる<u>ぐらい</u>大きかった。

今天早上的地震，大到連書架的書都要掉下來了。

▶ わたしは姉<u>ぐらい</u>背が高いです。

我和姐姐一般高。

▶ タバコ<u>ぐらい</u>健康に悪いものはない。

沒有比香菸對健康更有害的了。

▶ わたしだって掃除<u>ぐらい</u>しますよ。

我至少會打掃什麼的呀！

二 具有助詞功能的文法句型

　　在中級以上的日語表現中，有一些語彙可以用來代替助詞的功能，這也是日本人在日常生活中經常會使用的表現，所以這也就成為新日檢N3的考生必須要知道的語法。

（一）方法、手段、原因的相關句型 MP3-46))

　　在初級日語中，以「で」、「から」提示動作完成的方法、手段、原因，例如：「おはし<u>で</u>ご飯を食べます」（用筷子吃飯）、「風邪ですから、会社を休みます」（因為感冒，所以公司請假）。到了中級日語時，則以下列的文法句型來表示方法、手段、原因。

001 ～によって ／ ～により

中文解釋為「因～」、「透過～」。提示說話者做出判斷的方法或依據。

連接 ▶ 名詞 ＋ によって ／ により

例句 ▶ 交通事故<u>によって</u>、電車が遅れました。

因為交通事故，所以電車誤點了。

▶ インターネット<u>によって</u>、世界が1つの村になってきた。

透過網路，世界變成了一個村落（世界村）。

(002) ～によれば / ～によると

中文解釋為「據～」、「根據～」。提示資訊、消息的來源。

連接 ▶ 名詞 ＋ によれば / によると

例句 ▶ 彼女の手紙によれば、来月アメリカへ行くということだ。

根據她的來信，聽說她下個月要去美國。

▶ 天気予報によると、明日から大雨になるそうだ。

依據氣象預報，聽說明天開始會下大雨。

(003) ～を通じて

中文解釋為「透過～」、「經由～」。提示說話者透過某種方法（人或事或物）以進行或完成動作的表現。

連接 ▶ 名詞 ＋ を通じて

例句 ▶ 友達を通じて、彼と知り合った。

透過朋友而與他相識。

▶ テレビを通じて、この話題が広がった。

透過電視，這個話題傳開了。

(004) ～から

中文解釋為「因為～」。以「ＡからＢ」的句型出現，Ａ表示原因，Ｂ則表示結果。

連接 ▶ 名詞 ＋ から

例句 ▶ ちょっとした不始末から、大騒ぎになってしまった。

因為稍微的不注意而釀成大騷動。

▶ 父は過労から、病気になった。

父親因為過勞，生病了。

（二）內容、對象的相關句型 MP3-47))

在初級日語中，以「に」、「のため」、「が」、「のこと」等表現，來提示動作的對象或內容，例如：「友達に電話をかけます」（打電話給朋友）、「日本語能力試験を受ける人のため、この本を書いた」（為了要考日本語能力測驗的人寫了這本書）。到了中級日語時，則以下列的文法句型來表示內容及對象物。

(001) ～について

中文解釋為「關於～」、「針對～」。就人物的言語或行為內容加以深入（深度）說明的語法。

連接 ▶ 名詞 ＋ について

例句 ▶ 先生は新しい「日本語能力試験」について、説明してくれました。

老師針對新制日本語能力測驗為我做了說明。

▶ 来月の卒業旅行について、会議を開きます。

針對下個月的畢業旅行開會。

(002) ～に関して

中文解釋為「關於～」、「有關～」。就前項的（名詞）事件、問題，做出後項的回應。比「～について」的語法更為正式。

連接 ▶ 名詞 ＋ に関して

例句 ▶ その件に関して、質問があります。

關於那件事，我有疑問。

▶ 最近、経済学に関しての本を読んでいます。
<ruby>最近<rt>さいきん</rt></ruby>、<ruby>経済学<rt>けいざいがく</rt></ruby>に<ruby>関<rt>かん</rt></ruby>しての<ruby>本<rt>ほん</rt></ruby>を<ruby>読<rt>よ</rt></ruby>んでいます。

最近在閱讀有關經濟學方面的書。

003 〜に対して

中文解釋為「對〜」、「向〜」。用於對前項的名詞，做出後項的行為或態度的回應。

連接 ▶ 名詞 ＋ に<ruby>対<rt>たい</rt></ruby>して

例句 ▶ わたしの<ruby>質問<rt>しつもん</rt></ruby>に<ruby>対<rt>たい</rt></ruby>して、<ruby>詳<rt>くわ</rt></ruby>しく<ruby>説明<rt>せつめい</rt></ruby>してくれました。

對我的疑問，詳細做了說明。

▶ <ruby>田中先生<rt>たなかせんせい</rt></ruby>は<ruby>学生<rt>がくせい</rt></ruby>に<ruby>対<rt>たい</rt></ruby>して、とても<ruby>親切<rt>しんせつ</rt></ruby>です。

田中老師對學生，非常親切。

004 〜に応えて

中文解釋為「回應〜」。針對他人的期待、要求等做出回應行為時，所使用的語法。

連接 ▶ 名詞 ＋ に<ruby>応<rt>こた</rt></ruby>えて

例句 ▶ <ruby>日本中<rt>にほんじゅう</rt></ruby>の<ruby>期待<rt>きたい</rt></ruby>に<ruby>応<rt>こた</rt></ruby>えて、<ruby>浅田真央選手<rt>あさだまおせんしゅ</rt></ruby>はすばらしい<ruby>演技<rt>えんぎ</rt></ruby>を<ruby>見<rt>み</rt></ruby>せてくれました。

回應日本全國的期待，淺田真央選手做了很棒的演出。

▶ <ruby>試験期間中<rt>しけんきかんちゅう</rt></ruby>、<ruby>学生<rt>がくせい</rt></ruby>の<ruby>願<rt>ねが</rt></ruby>いに<ruby>応<rt>こた</rt></ruby>えて、<ruby>図書館<rt>としょかん</rt></ruby>の<ruby>開館時間<rt>かいかんじかん</rt></ruby>が１１<ruby>時<rt>じ</rt></ruby>まで<ruby>延長<rt>えんちょう</rt></ruby>されました。

回應學生的要求，考試期間，圖書館的開館時間延長至十一點。

（三）立場、資格的相關句型 MP3-48))

　　在初級日語中，以「京都は古い町で知られています」（京都以古老的城市而聞名）、「林君から見ると、先生はとてもすごい人です。何でもご存知のようですから」（就林同學看來，老師真是很厲害的人。因為好像什麼都知道）等「で」助詞或「から見ると」句型，來表現說話者的判斷或評價。到了中級日語，若要提示說話者的判斷、評價、行動等立場或觀點時，則以下列的文法句型來表示。

(001) ～上で

中文解釋為「在～方面看來～」。通常用來表達說話者對此做出的評斷。

連接 ▶ 名詞の・動詞辭書形 ＋ 上で

例句 ▶ 生きる上で、働かなければなりません。

　　要生存，就必須工作。

▶ 数字の上では、今月の業績はよかったと言えます。

　　從數字看來，這個月的業績可說是很好。

(002) ～にとって

中文解釋為「對～而言」。通常用來表達某事物對主語人物的影響。

連接 ▶ 名詞 ＋ にとって

例句 ▶ 子供にとって、親はなくてはならない存在です。

　　對小孩而言，父母是不可或缺的存在。

▶ わたしにとって、犬も家族の一員です。

　　對我而言，狗也是家族成員之一。

(003) ～として

中文解釋為「以～的名義」、「以～的身分」。

連接 ▶ 名詞 ＋ として

例句 ▶ 大学の先生<u>として</u>、テレビで活躍しています。

以大學老師的身分，活躍在電視界。

▶ 10 年前留学生<u>として</u>、日本の京都で勉強していました。

十年前以留學生身分，在日本的京都唸書。

(004) ～にしたら

中文解釋為「以～立場來說」。是說話者站在當事人的立場，推測當事人的感受或情緒時所使用的語法。

連接 ▶ 名詞 ＋ にしたら

例句 ▶ 学生<u>にしたら</u>、厳しい校則は嫌なものだろう。

以學生的立場來說，嚴格的校規真是令人厭煩的東西吧！

▶ 親<u>にしたら</u>、国立のほうが学費が安くていいです。

從家長的角度來看，國立的學費便宜，比較好。

(005) ～にすれば

中文解釋為「就～來想的話」。與 (004) 同樣，也是說話者站在當事人的立場，推測當事人的感受或情緒時所使用的語法。

連接 ▶ 名詞 ＋ にすれば

例句 ▶ 学生<u>にすれば</u>、試験は易しければ易しいほどいいでしょう。

就學生的角度來說，考試是愈簡單愈好吧！

▶ 社長<u>にすれば</u>、社員の給料は安いほうがいいです。

從社長的角度來看，員工的薪水是便宜點比較好。

006 〜からして

中文解釋為「（從某種觀點或立場）〜來看的話」、「根據〜」。表示判斷的依據。

連接 ▶ 名詞 ＋ からして

例句 ▶ 今の会社の経営状態からして、もう続けてはいけないだろう。

從現在公司的經營狀況來看，大概已經無法繼續了吧！

▶ 今までの成績からして、合格は不可能でしょう。

照目前為止的成績來看，合格是不可能的吧！

007 〜からすると

中文解釋為「（以某種觀點或立場）〜來判斷的話」。

連接 ▶ 名詞 ＋ からすると

例句 ▶ 教師の立場からすると、学生は皆素直でいい子ばかりです。

以教師的立場來看，每個學生都是很乖很好的孩子。

▶ 足跡からすると、犯人は男でしょう。

從腳印來看，犯人應該是男的吧！

008 〜にしては

中文解釋為「以〜來說」。是說話者用來敘述自己所觀察到的現象。以「Ａにしては Ｂ」的句型出現，Ａ的前文表示事實狀態，Ｂ則表示所觀察到的現象。與 001 〜 007 項最大的差異在於，此語法表示前文敘述的狀態及行為，與預想的結果不同。

連接 ▶ 名詞 ＋ にしては

例句 ▶ 家の息子は末っ子<u>にしては</u>、お姉さんよりしっかりしている。

我家的兒子雖說是么兒，卻比姐姐來得獨立。

▶ 美和さんは日本人<u>にしては</u>、ずいぶん開放的な人ですね。

以日本人來說，美和小姐還真是很開放的人呢！

（四）行動基準的相關句型 MP3-49))

　　在初級日語中，以「ビールは麦<u>から</u>作られます」（啤酒是以小麥製造）、「日本の家具は木<u>で</u>できているものが多いです」（日本的傢俱以木造的居多），來表達物品製造時的原料或材料。到了中級日語時，用來提示此相關表現的句型變得更為多元，也有了更多重的表現方式。

(001) ～に沿って

　　中文解釋為「遵照～」、「依循著～」。表示依照著某種決定、想法、方針而做出行動的語法。

連接 ▶ 名詞 ＋ に沿って

例句 ▶ 説明書<u>に沿って</u>、この棚を組み立てました。

依照說明書，組合了這個架子。

▶ 会社の営業方針<u>に沿って</u>、業績を上げていこうと考えています。

正考慮遵照公司的營業方針，提升業績。

(002) ～に基づいて

　　中文解釋為「以～作基礎」、「以～為依據」。

連接 ▶ 名詞 ＋ に基づいて

例句▶ 現地の調査結果に基づいて、論文を書きました。

以實地調查的結果為依據，寫了論文。

▶ この政策は、委員会の報告に基づいて書かれたものです。

這個政策，是以委員會的報告為基礎所寫的。

(003) ～をもとに（して）

中文解釋為「以～為素材做～」。通常後文會接續「作る」（做）、「書

く」（寫）、「できる」（可以）等動作動詞。

連接▶ 名詞 ＋ をもとに（して）

例句▶ 新聞に書いてある記事をもとに、ドラマの脚本を書いた。

以報紙寫的報導為素材，寫了連續劇的劇本。

▶ 彼女の歌は日本の昔話をもとにして、作られたものが多いです。

她的歌曲很多都是以日本的童話故事為素材作成的。

(004) ～のもとで

中文解釋為「在～之下」。通常用來表示在某種保護或影響之下做什麼

事情。

連接▶ 名詞 ＋ のもとで

例句▶ 姉は有名な先生のもとで、研究を続けたいと言っています。

姐姐說想要在名師門下，繼續做研究。

▶ わたしは優しい親のもとで、大切に育てられました。

我在慈祥雙親的身邊，被呵護長大。

137

（五）場合、場面、空間範圍的相關句型 MP3-50))

在初級日語中，以「で」來表達地點及空間範圍，例如「活動センターで講演会が開かれました」（在活動中心舉辦了演講）。到了中級日語時，用來提示地點、場合及空間範圍的表現，則改以下列的文法句型來表示。

001 〜にあたって

中文解釋為「值〜之際」、「在〜的時候」。屬於比較正式的語法，通常都用於正式場合，例如致詞、發表感言、演講等。

連接 ▶ 名詞・動詞辭書形 ＋ にあたって

例句 ▶ 会社の20周年創立記念日にあたって、一言ご挨拶申し上げます。

値此公司二十週年慶，請容我講一句話。

▶ 卒業にあたって、家を出て独立しようと思っています。

在畢業之際，想離家獨立生活。

002 〜において

中文解釋為「值〜（狀態、場合）」、「在〜（狀態、場合）」。也是屬於比較正式的語法。

連接 ▶ 名詞 ＋ において

例句 ▶ 半導体業界において、張忠謀氏の名前を知らない人はいないでしょう。

在半導體業界，應該沒有人不知道張忠謀先生的名字吧！

▶ 今の我が国において、最大の問題は何でしょうか。

就我國目前而言，最大的問題是什麼呢？

003 ～に際して

中文解釋為「當～的時候」、「值～之際」。通常是用來表示非日常性、特別的事，表示正好碰到某種機會之意。

連接 ▶ 名詞・動詞辭書形 ＋ に際して

例句 ▶ この本の出版に際して、編集者の方々のご協力をいただきました。

値此書出版之際，感謝各位編輯的協助。

▶ 図書館の利用に際して、注意してほしいことがあります。

使用圖書館之際，有需要注意的事項。

004 ～から～にかけて

中文解釋為「從～（地方）到～（地方）」。用來表示起點與終點不明確的範圍內。

連接 ▶ 名詞 ＋ から ＋ 名詞 ＋ にかけて

例句 ▶ 名古屋から京都にかけて、雪が降るそうです。

聽說從名古屋到京都，都會下雪。

▶ 北から南にかけて、地震が起こる恐れがあります。

從北到南都可能發生地震。

（六）時間點、期間範圍的相關句型 MP3-51))

在初級日語中，以「に」、「時」、「間」、「間に」等，來表示時間點及期間範圍的相關表現。例如：「誕生日に、いろいろなプレゼントをもらいました」（生日時收到了各種禮物）、「テレビを見る時、お菓子を食べます」（看電視時吃零食）、「日本にいる間、京都に住んでいました」（在日本時住在京都）、「大学にいる間に、たくさんのことを体験したいです」（在大學的期間，想體驗很多的事物）。到了中級日語時，則以下列的語法來表示時間點及期間範圍的相關句型。

001 ～うちに

中文解釋為「在～的時候」。

連接 ▶ 名詞の ・動詞普通形 ・イ形容詞 ・ナ形容詞な ＋ うちに

例句 ▶ 母はテレビを見ているうちに、寝てしまいました。

媽媽在看電視的時候睡著了。

▶ デパートが閉まらないうちに、急いで買い物に行きましょう。

在百貨公司沒關門前，趕快去購物吧！

002 ～最中に ／ ～最中だ

中文解釋為「正在～的當中」、「正當～的盛況時」。

句型 ▶ 名詞の ・動詞ている形 ＋ 最中に ／ 最中だ

例句 ▶ 食事の最中に、地震が起こりました。

正在吃飯時，發生了地震。

▶ 今、会議をしている最中です。

目前正在進行會議。

003 **〜から〜まで**

中文解釋為「從〜（時間點）到〜（時間點）」。強調時間的開始點和結束點（起點、終點都很明確）。

連接 ▶ 名詞 ＋ から ＋ 名詞 ＋ まで

例句 ▶ 授業は9時から１２時までです。

課程是從九點到十二點。

▶ ８時から１０時半まで、会議をする予定です。

預計八點到十點半舉行會議。

004 **〜から〜にかけて**

中文解釋為「從〜（時間）到〜（時間）」。用來表示起點與終點不明確的期間範圍。

連接 ▶ 名詞 ＋ から ＋ 名詞 ＋ にかけて

例句 ▶ 日本では３月の下旬から4月の末にかけて、桜が咲きます。

在日本，從三月下旬到四月底櫻花會綻放。

▶ 深夜から朝にかけて、雨が降り続いた。

從深夜到早上，雨持續下著。

005 **〜たびに**

中文解釋為「每次〜」、「總是〜」。通常用來表現生活中經常反覆出現的狀態或事件，即每當某種時候都會做某種動作時使用。

連接 ▶ 名詞の ・動詞辭書形 ＋ たびに

141

例句 ▶ 日本へ行くたびに、大学時代の先生を訪ねます。

毎次去日本，都會拜訪大學時代的老師。

▶ 研修のたびに、報告書を書かなければなりません。

毎次研修，都必須寫報告。

(006) ～にわたって

中文解釋為「整個（期間）都～」、「經過～（期間）」。

連接 ▶ 名詞 ＋ にわたって

例句 ▶ ３日間にわたって、研修が行われました。

整整三天，舉辦了研修。

▶ 彼は１年にわたって、映画を撮り続けました。

他電影的拍攝持續了一年。

(007) ～を通じて

中文解釋為「在（整個）～期間」、「一直～」。通常用來表示在某個期間之內持續做某個動作。

連接 ▶ 名詞 ＋ を通じて

例句 ▶ 高雄は１年を通じて、ずっと暖かいです。

高雄一年到頭都很溫暖。

▶ 陽明山公園は四季を通じて、きれいな花が咲きます。

陽明山公園，四季都開著漂亮的花。

（七）事件的相互或連鎖關係的相關句型 MP3-52))

表達二件事情的交互影響性及關連性的語法。

001 ～ば～ほど / ～なら～ほど

中文解釋為「愈～則愈～」。

連接▶ ①イ形容詞去い + ければ + イ形容詞 + ほど

②ナ形容詞なら + ナ形容詞な + ほど

③動詞假定形 + 動詞辭書形 + ほど

例句▶ テストは易しければ易しいほど、いいです。

考試愈簡單愈好。

▶ 練習すればするほど、上手になります。

愈練習就愈熟練。

002 ～につれて

中文解釋為「隨著～而～」、「愈～則愈～」。以「Aにつれて、B」的句型出現，表示隨著A事件的發展，B的部分也有所改變。

連接▶ 名詞・動詞辭書形 + につれて

例句▶ 年をとるにつれて、歯や足が弱くなってきました。

隨著年齡的增長，牙齒呀、腳呀都變弱了。

▶ 社会の変化につれて、生活のスタイルも変わってきました。

隨著社會的變化，生活的模式也有所改變。

003 ～とともに

中文解釋為「和～一起」或「與～的同時」。用來表達共同參與某事，或二事件同時發展。

連接 ▶ 名詞・動詞辭書形 ＋ とともに

例句 ▶ 今月は業績が上がり、同僚とともに喜びました。

我和同事為本月業績的提升而歡喜。

▶ 家族とともに、田舎で生活したいです。

想和家人一起在鄉下生活。

（八）事件添加性的相關句型 MP3-53))

在初級日語中，以「～だけではなく」來表現事件、條件的附加（添加），例如：「勉強だけではなく、仕事もしなければならない」（不僅要唸書，也必須要工作）。到了中級日語時，則以下列的語法來表示事件、條件的附加（添加）句型。

001 ～上に

中文解釋為「而且～」、「再加上～」。表示在現有的狀態之下，再加上、重疊另一種狀態。

連接 ▶ 動詞普通形・イ形容詞・ナ形容詞な・名詞である ＋ 上に

例句 ▶ 新しい携帯は機能が多い上に軽いので、たいへん便利です。

新型的手機功能很多又很輕，所以非常方便。

▶ 先生にごちそうになった上に、辞書までいただきました。

受到老師的款待，而且還拿到了字典。

002 〜に加えて

中文解釋為「再加上〜」、「而且〜」。通常用來表達在某件事物之上再增添另一事物。

連接 ▶ 名詞 ＋ に加えて

例句 ▶ 大雨に加えて風も強く、被害は少なくないでしょう。

大雨再加上強風，損失應該不少吧！

▶ 安い給料に加えて物価も上がり、生活は苦しくなるばかりです。

低薪資再加上物價上漲，生活只會變得更辛苦。

003 〜ばかりでなく

中文解釋為「不僅如此〜更〜」、「不僅〜而且〜」。句子先敘述程度較輕微的事情，然後再強調除此之外還有程度更高的狀況。

連接 ▶ 動詞普通形 ・ イ形容詞 ・ ナ形容詞な ・ 名詞 ＋ ばかりでなく

例句 ▶ この本は説明が簡単なばかりでなく、内容も分かりやすいです。

這本書不僅說明很簡單，而且內容也容易理解。

▶ 今住んでいる家は小さいばかりでなく、道路に面しているので、
うるさいです。

現在住的房子不僅很小，而且因為面向馬路，所以很吵。

004 〜に限らず

中文解釋為「不僅僅只是〜」、「不光是〜」。句子先敘述程度較輕微的事情，然後再強調不僅如此還有程度更高的狀況。與 003 功能相同，但是較為文言的表現。

連接 ▶ 名詞 ＋ に限らず

例句 ▶ 彼女は英語に限らず、スペイン語も韓国語も上手です。

她不光是英文，西班牙文、韓文都很好。

▶ 料理教室は女性に限らず、男性も参加することができます。

料理教室不僅僅只是女性，男性也可以參加。

（九）因果關係的相關句型 MP3-54 🔊

在初級日語中，以「で」、「から」、「ので」、「ため」等來表示因果關係的句型。例如：「台風で電車が止まりました」（因為颱風，所以電車停駛了）、「疲れたので、早く寝ます」（因為很累，所以要早點睡）、「お金も時間もないので、旅行に行けません」（既沒錢也沒時間，所以不能去旅行）、「怪我したため、会社を休みました」（因為受傷，所以向公司請假了）。到了中級日語時，則以下列的語法來表示因果關係的相關句型。

001 〜せいで

中文解釋為「因為〜」、「由於〜」。通常用來表達不好的事情、或是非自己所期望的事情發生的原因或責任所在。

連接 ▶ 名詞の ＋ せいで

例句 ▶ 彼のせいで、こんな結果になってしまった。

因為他，才會變成這種結果。

▶ 大雨のせいで、試合が中止になった。

因為下大雨，比賽取消了。

(002) ～おかげで

中文解釋為「託您的福～」、「幸虧～」。通常用來表達因為某種原因、理由，而帶來好的、或是期待的結果。

連接 ▶ 動詞た形・イ形容詞・ナ形容詞な・名詞の ＋ おかげで

例句 ▶ 先生のおかげで、留学試験に合格しました。

託老師的福，留學考試才能通過。

▶ コンビニがたくさんできたおかげで、生活が便利になりました。

多虧出現了很多便利商店，所以生活變方便了。

(003) ～によって

中文解釋為「因為～」、「由於～」。通常用來表達因為某種原因，而帶來不好的、或是非期望的結果。

連接 ▶ 名詞 ＋ によって

例句 ▶ 台風の影響によって、野菜の値段が上がりました。

因為颱風的影響，蔬菜漲價了。

▶ 停電によって、仕事が続けられなくなりました。

由於停電，工作變得無法繼續。

(004) ～につき

中文解釋為「由於～」、「因為～」。通常用於書信表現或是正式場合中，屬於比較文言的表現。

連接 ▶ 名詞 ＋ につき

例句 ▶ 事故につき、通行止めです。

因為事故，禁止通行。

▶ 雨天につき、運動会は中止です。

由於下雨，運動會取消。

（十）時間前後、動作先後關係的相關句型

MP3-55))

在初級日語中，以「～てから」、「～前に」、「～後で」來表達時間的前後關係，例如：「シャワーを浴びてから、寝ます」（沖澡後睡覺）、「ご飯を食べる前に、手を洗います」（吃飯前先洗手）、「ご飯を食べた後で、歯を磨きます」（飯後刷牙）。另外還以「～すぐに～」來表達動作的先後關係，例如：「起きるとすぐに、シャワーを浴びます」（一起床就先沖澡）。到了中級日語時，則以下列的語法來表示時間前後、動作先後的相關句型。

001 ～うちに

中文解釋為「趁著～的時候」。

連接 ▶ 名詞の ・動詞普通形・イ形容詞・ナ形容詞な ＋ うちに

例句 ▶ 若いうちに、遠い国へ行ってみたい。

趁著年輕，想到遠方的國家看看！

▶ 子供が起きないうちに、洗濯してしまおう。

趁著小孩還沒起床，洗衣服吧！

002 ～てはじめて

中文解釋為「在～之後終於～」。通常用來表示在事情發展到某個階段後才有某個想法或動作。

連接 ▶ 動詞て形 ＋ はじめて

例句 ▶ 病気になってはじめて、健康が何よりも大切だと分かった。

在生病之後，終於知道健康比什麼都重要。

▶ 自分でやってみてはじめて、難しいということに気づいた。

在自己試著做了之後，才發覺事情的困難度。

003 ～て以来

中文解釋為「自～以來」、「從～之後」。通常用來表示在某件事情發生之後就不再出現變化。

連接 ▶ 動詞て形 ＋ 以来

例句 ▶ 彼と別れて以来、もう10年が経ちました。

與他分手之後，已經過了十年。

▶ 結婚して以来、1度も海外旅行をしていません。

自結婚以來，一次也不曾去國外旅行。

004 ～上で

中文解釋為「在～之後」。通常用來表示在做完前項的動作之後，依據前項動作的結果，採取下一個步驟。

連接 ▶ 名詞の ・ 動詞た形 ＋ 上で

例句 ▶ そのことは両親と相談した上で、決めます。

那件事要在與雙親商量後再決定。

▶ その書類はご確認の上で、サインしてください。

那份文件請確認無誤後簽名。

(005) ～たとたん

中文解釋為「剛～就～」。通常用來表示在前項的動作做完之後，馬上就發生下一個動作。

連接 ▶ 動詞た形 ＋ とたん

例句 ▶ 母の手料理を食べたとたん、懐かしい気持ちで胸がいっぱいになった。

一吃到媽媽做的菜，心中就充滿了懷念之情。

▶ ふとんに入ったとたん、明日テストがあることを思い出した。

剛躺進被窩，就想起明天有考試。

(006) ～次第

中文解釋為「一～就馬上」。通常用來表示在某件事情完成之後，就馬上進行下一個動作的語法。

連接 ▶ 名詞・動詞ます形 ＋ 次第

例句 ▶ 社長が戻り次第、折り返しすぐ電話を差し上げます。

社長一回來，馬上就給您回電話。

▶ 卒業次第、すぐ仕事を探そうと思います。

想要一畢業，就馬上找工作。

（十一）事件的目的、必然性的相關句型

MP3-56))

表達前、後二件事情的關連性或目的性的語法。

001 〜ため（に）

中文解釋為「為了〜所以〜」。是「目的」的語法。通常以「Ａため（に）Ｂ」的句型出現，意思是「為了Ａ（目的），所以做Ｂ」。

連接 ▶ 名詞の ・ 動詞辭書形 ＋ ため（に）

例句 ▶ 結婚のため、貯金しています。

為了結婚，所以正在存錢。

▶ 大学に入るために、一生懸命勉強します。

為了進大學，所以拚命唸書。

002 〜ため（に）

中文解釋為「因為〜所以」。是「因果」的語法。通常以「Ａため（に）Ｂ」的句型出現，意思是「因為Ａ（原因），所以Ｂ（結果）」。

連接 ▶ 名詞の ・ な形容詞な ・ い形容詞普通形・動詞普通形 ＋ ため（に）

例句 ▶ 事故があったために、道が込んでいます。

因為交通事故，所以道路壅塞。

▶ 雪が降ったため、試合が中止されました。

因為下雪，所以比賽中止。

▶ 病気のため、会社を休みました。

因為生病，所以向公司請假了。

▶ 風が強かった<u>ため</u>、新幹線が運行をやめました。

因為風勢強勁，所以新幹線暫停行駛。

▶ 交通が不便な<u>ため</u>、早めに出たほうがいいと思いますよ。

因為交通不便，所以我認為提早出門比較好喔。

(003) ～ため（に）

中文解釋為「為了～（的利益）」。是「利益」的語法。通常接續在表示人物或事物的名詞之後，表示對其有益的意思。

連接 ▶ 名詞の ＋ ため（に）

例句 ▶ これは子供の<u>ために</u>なる本です。

這是對小孩有益的書。

▶ 家族の<u>ために</u>働いています。

為了家人而工作。

(004) ～はず

中文解釋為「應該是～」。是「推測、判斷」的語法。說話者根據客觀的因素來推論、判斷，認為理當如此的表現形式。此語法的否定表現有「はずがない」、「～ないはずです」二種，中文解釋為「不可能～」或「不會～」。

連接 ▶ 名詞の ・ な形容詞な ・ 動詞普通形 ＋ はず

例句 ▶ 昨日連絡したので、中山さんも知っている<u>はず</u>です。

因為昨天有聯絡了，所以中山先生應該是知道的。

▶ あの人は入院しているので、明日の旅行に来る<u>はず</u>がありません。

因為那個人在住院，所以明天的旅行是不可能來的。

▶ 彼は日本語が上手なはずですよ。日本に 10 年も住んでいましたから。

他的日文應該是很棒喔。因為在日本住了十年。

▶ あれはわたしの携帯のはずです。なぜ彼のかばんの中に入っているのだろう。

那應該是我的手機呀！怎麼會在他的皮包裡呢？

005 ～べき

中文解釋為「應該～」。是「推測、判斷」的語法。是說話者主觀上、道義上的推論、判斷，認為在道義上、義務上「應該～」的表現形式。此語法的否定表現是「～べきではない」，中文解釋為「不該～」。

連接 ▶ 動詞辭書形 ＋ べき

例句 ▶ 彼の言うことを聞くべきです。

應該聽他的話。

▶ 交通ルールを守るべきです。

應該遵守交通規則。

三　授受表現的相關句型

　　授受表現的相關句型，是日本語能力測驗經常出現的考題，要特別注意。

　　所謂的「授受」，指的是「授予」與「接受」二種相對立場的關係。授受動詞有「あげる」（給某人～）、「くれる」（某人給我～）、「もらう」（從某人得到～）三個語彙。此外，授受表現分為「東西、物品的授受」與「行為的授受」二大類，分別說明如下。

（一）東西、物品的授受表現 MP3-57))

　　有關東西、物品的授受表現，依授予者和接受者的不同，有以下二種句型。

Ⅰ 以授予者的立場來表現的句型：

001 ～あげる

中文解釋為「授予者給接受者～」。

連接 ▶ 授予者<u>は</u> ＋ 接受者<u>に</u> ＋ 名詞<u>を</u> ＋ <u>あげる</u>

例句 ▶ わたし<u>は</u>林君^{りんくん}にチョコレート<u>を</u><u>あげます</u>。
我給林同學巧克力。

▶ わたし<u>は</u>クラスメートに誕生日^{たんじょうび}のプレゼント<u>を</u><u>あげました</u>。
我給了同學生日禮物。

002 **～くれる**

中文解釋為「授予者<u>給我（或我們）</u>～」。要特別注意，此句型在助詞
「に」前面的接受者，一定是「我」或「我們」。

連接 ▶ 授予者<u>が</u> ＋ 我（或我們）<u>に</u> ＋ 名詞を ＋ <u>くれる</u>

例句 ▶ 林君_{りんくん}がわたしにチョコレートを<u>くれます</u>。

　　　林同學給我巧克力。

　　▶ 兄_{あに}がわたしに小遣_{こづか}いを<u>くれました</u>。

　　　哥哥給了我零用錢。

II 以接受者的立場來表現的句型：

001 **～は～に～をもらう ／ ～は～から～をもらう**

中文解釋為「接受者<u>從授予者處得到</u>～」。

連接 ▶ ①接受者<u>は</u> ＋ 授予者<u>に</u> ＋ 名詞を ＋ <u>もらう</u>

　　　②接受者<u>は</u> ＋ 授予者<u>から</u> ＋ 名詞を ＋ <u>もらう</u>

例句 ▶ わたしは林君_{りんくん}に ／ からチョコレートを<u>もらいました</u>。

　　　我從林同學那裡得到了巧克力。

　　▶ わたしは兄_{あに}に ／ から小遣_{こづか}いを<u>もらいました</u>。

　　　我從哥哥那裡得到了零用錢。

002 **～は～にもらう ／ ～は～からもらう**

中文解釋為「～<u>是從授予者處得到的</u>」。

連接 ▶ ①物品<u>は</u> ＋ 授予者<u>に</u> ＋ <u>もらう</u>

　　　②物品<u>は</u> ＋ 授予者<u>から</u> ＋ <u>もらう</u>

例句 ▶ チョコレートは林君<ruby>林君<rt>りんくん</rt></ruby>に ／ からもらいました。

巧克力是從林同學那裡得到的。

▶ プレゼントは友達<ruby>友達<rt>ともだち</rt></ruby>に ／ からもらいました。

禮物是從朋友那裡得到的。

（二）動作、行為的授受表現 MP3-58))

　　行為、動作的授予或接受的表現，通常是說話者內心含有感謝、受惠的情緒時所使用的語法。通常以「（名詞を）＋ 動詞て形 ＋ 授受動詞」的句型出現。依授予者和接受者的不同，有以下二種句型。

Ⅰ 以授予者的立場來表現的句型：

001 ～てあげる

　　中文解釋為「授予者為接受者做～動作」。

連接 ▶ 授予者は ＋ 接受者に ＋（名詞を）＋ 動詞て形 ＋ あげる

例句 ▶ わたしは林君<ruby>林君<rt>りんくん</rt></ruby>にチョコレートを買<ruby>買<rt>か</rt></ruby>ってあげます。

我為林同學買巧克力。

▶ わたしは先輩<ruby>先輩<rt>せんぱい</rt></ruby>にお弁当<ruby>弁当<rt>べんとう</rt></ruby>を買<ruby>買<rt>か</rt></ruby>ってあげます。

我為學長買便當。

002 ～てくれる

　　中文解釋為「授予者為我（或我們）做～動作」。要特別注意，此句型在助詞「に」前面的接受者，一定是「我」或「我們」。

| 連接 | ▶ 授予者が ＋ 我（或我們）に ＋（名詞を）＋ 動詞て形 ＋ <u>くれる</u> |

例句 ▶ 林君<u>が</u>わたし<u>に</u>チョコレートを買<u>ってくれます</u>。

林同學為我買巧克力。

▶ 姉<u>が</u>わたし<u>に</u>絵本を読<u>んでくれました</u>。

姐姐為我唸了繪本。

‖ 以接受者的立場來表現的句型：

⓿⓿❶ ～は～に～てもらう ／ ～は～から～てもらう

中文解釋為「接受者<u>從</u>授予者處<u>得到</u>～動作」。

連接 ▶ 接受者は ＋ 授予者に ／ から ＋（名詞を）＋ 動詞て形 ＋ <u>もらう</u>

例句 ▶ わたし<u>は</u>母<u>に</u> ／ <u>から</u>おいしい料理を作<u>ってもらいました</u>。

我得到母親為我做的好吃的飯菜了。（母親為我做好吃的飯菜了。）

▶ わたし<u>は</u>先輩<u>に</u> ／ <u>から</u>作文を直<u>してもらいました</u>。

我得到學長為我修改作文了。（學長為我修改作文了。）

⓿⓿❷ ～は～に～てもらう ／ ～は～から～てもらう

中文解釋為「～是<u>從</u>授予者處做～動作<u>得到</u>的」。

連接 ▶ 物品は ＋ 授予者に ／ から ＋ 動詞て形 ＋ <u>もらう</u>

例句 ▶ かばん<u>は</u>姉<u>に</u> ／ <u>から</u>買<u>ってもらいました</u>。

皮包是姐姐幫我買的。

▶ パソコン<u>は</u>父<u>に</u> ／ <u>から</u>修理<u>してもらいました</u>。

個人電腦是爸爸幫我修理的。

（三）動作、行為授受表現的尊敬、謙讓語法

MP3-59))

　　日文裡，依據授予者與接受者間的親疏遠近關係，還可將授受動詞的語彙轉換為「尊敬語」或「謙讓語」。運用的句型，則與前項句型完全相同。學習之前，先把以下授受動詞的「尊敬語」和「謙讓語」記下來吧！

語彙	尊敬語	謙讓語	語意
あげる	さしあげる	やる	給～人
くれる	くださる	－	～人給（我）
もらう	－	いただく	得到、接受

註 「やる」適用於年齡、地位較自己小或低的人，或使用於對動、植物的動作表現。

　　有關動作、行為授受表現的尊敬、謙讓語法，依授予者和接受者的不同，有二種句型。

① 以授予者的立場來表現的句型：

001 ～てさしあげる

中文解釋為「授予者為接受者做～動作」。

連接 ▶ 授予者は ＋ 接受者に ＋（名詞を）＋ 動詞て形 ＋ さしあげる

例句 ▶ わたしは先生にチョコレートを買ってさしあげます。
　　我為老師買巧克力。

▶ わたしは部長に荷物を持ってさしあげました。
　　我為部長拿了行李。

002 ～てくださる

中文解釋為「授予者為我（或我們）做～動作」。要特別注意，此句型在助詞「に」前面的接受者，一定是「我」或「我們」。

連接 ▶ 授予者<u>が</u> ＋ 我（或我們）<u>に</u> ＋（名詞を）＋ 動詞て形 ＋ <u>くださる</u>

例句 ▶ <ruby>先生<rt>せんせい</rt></ruby>が<u>わたしに</u>チョコレートを<ruby>買<rt>か</rt></ruby>っ<u>てくださいました</u>。

老師為我買了巧克力。

▶ <ruby>先輩<rt>せんぱい</rt></ruby>が<u>わたしに</u><ruby>仕事<rt>しごと</rt></ruby>を<ruby>説明<rt>せつめい</rt></ruby>し<u>てくれました</u>。（一般用法）

→<ruby>先輩<rt>せんぱい</rt></ruby>が<u>わたしに</u><ruby>仕事<rt>しごと</rt></ruby>を<ruby>説明<rt>せつめい</rt></ruby>し<u>てくださいました</u>。（尊敬用法）

前輩為我做了工作的說明。

II 以接受者的立場來表現的句型：

001 ～ていただく

中文解釋為「接受者<u>從</u>授予者<u>處得到</u>～動作」。

連接 ▶ 接受者<u>は</u> ＋ 授予者<u>に</u> / <u>から</u> ＋（名詞を）＋ 動詞て形 ＋ <u>いただく</u>

例句 ▶ わたし<u>は</u><ruby>先生<rt>せんせい</rt></ruby><u>に</u> / <u>から</u>チョコレートを<ruby>買<rt>か</rt></ruby>っ<u>ていただきました</u>。

我得到老師幫我買的巧克力了。（老師幫我買巧克力了。）

▶ わたし<u>は</u><ruby>先生<rt>せんせい</rt></ruby><u>に</u> / <u>から</u><ruby>日本語<rt>にほんご</rt></ruby>の<ruby>読<rt>よ</rt></ruby>み<ruby>方<rt>かた</rt></ruby>を<ruby>教<rt>おし</rt></ruby>え<u>ていただきました</u>。

我得到老師教我日文的唸法了。（老師教我日文的唸法了。）

002 ～は～に～ていただく ／ ～は～から～ていただく

中文解釋為「～是<u>從</u>授予者<u>處</u>做～動作<u>得到</u>的」。

連接 ▶ 物品<u>は</u> ＋ 授予者<u>に</u> / <u>から</u> ＋ 動詞て形 ＋ <u>いただく</u>

例句 ▶ ワンピース<u>は</u><ruby>叔母<rt>おば</rt></ruby><u>に</u> / <u>から</u><ruby>作<rt>つく</rt></ruby>っ<u>ていただきました</u>。

洋裝是嬸嬸為我做的。

▶ かばん<u>は</u><ruby>課長<rt>かちょう</rt></ruby><u>に</u> / <u>から</u><ruby>買<rt>か</rt></ruby>っ<u>ていただきました</u>。

皮包是課長為我買的。

四 被動（受身）、使役、使役被動的相關句型

　　本單元也是日本語能力測驗中經常出現的題型。尤其是被動（受身）、使役、使役被動三種句型，在動詞變化之後，很容易混淆，所以務必小心。分別說明如下：

（一）動詞的被動句型 MP3-60))）

　　在學習被動句型之前，考生們所學的動詞句都屬於主動句型。例如：「わたしはレポートを書きます」（我寫報告）、「先生はわたしを叱りました」（老師責備了我），如果句子改以動作承受者的立場來看時，句子就成了「被動句」，也就是所謂的「受身句」。

　　動詞的被動句型分為「被動（受身）Ｉ」、「被動（受身）ＩＩ」二大類型。分述如下：

Ｉ 動詞被動（受身）句型Ｉ：

　　被動（受身）句型Ｉ，是以有情物（人物、動物）為主語，除了幾個例外的語彙之外，絕大部分的被動句都是說話者（Ａ）要表達因動作者（Ｂ）的行為而感到受害或困惑的情緒。

　　例外語彙有「ほめる」（稱讚）、「誘う」（邀約）、「助ける」（幫助）、「頼む」（拜託）、「招待する」（招待）、「紹介する」（介紹）、「案内する」（指引）。

001 AはBに～れる / ～られる

中文解釋為「A被B～」。

連接 ▶A（主語）は ＋ B（動作者）に ＋

動詞ない形 ＋ れる / られる（被動句）

例句 ▶わたしは先生に叱られました。（叱る）

我被老師責備了。

▶わたしは母に朝早く起こされました。（起こす）

我很早就被媽媽叫醒了。

▶わたしは友達に来られて、勉強ができませんでした。（来る）

來了朋友，以致無法唸書。

002 AはBに名詞を～れる / ～られる

中文解釋為「屬於A的～被B～」或「A遭受了B的行為或動作」。

連接 ▶A（主語）は ＋ B（動作者）に ＋ 名詞を ＋

動詞ない形 ＋ れる / られる（被動句）

例句 ▶わたしは弟にジュースを飲まれました。（飲む）

我的果汁被弟弟喝光了。

▶美和さんはお母さんに雑誌を捨てられました。（捨てる）

美和小姐的雜誌被媽媽丟掉了。

▶わたしは友達に京都のお寺を案内されました。（案内する）

我被朋友招待參觀了京都的寺廟。

Ⅱ 動詞被動（受身）句型Ⅱ：

被動（受身）句型Ⅱ，則是以人的動作、行為的內容（物）為主語的語法表現。

⑩ Ａは〜れる ／ 〜られる

中文解釋為「Ａ是被〜」。

連接 ▶ Ａ（事物）は ＋ 動詞ない形 ＋ れる ／ られる（被動句）

例句 ▶ １０１ビルは2004年１２月３１日に建てられました。（建てる）
101大樓在二〇〇四年十二月三十一日被建造完成。

▶ 『ハリー・ポッター』は大勢の人に読まれています。（読む）
《哈利波特》被許多人閱讀。

▶ 日本では、入学式は毎年の4月に行われます。（行う）
在日本，開學典禮於每年四月舉行。

（二）動詞的使役句型 MP3-61))

使役句型，顧名思義即是「使人勞役」的語法。句中必然有使役者（Ａ）及動作者（Ｂ）的存在，通常使役者（Ａ）的年齡、階級等，高於動作者（Ｂ）。

除了動詞本身即含有使役意義的語彙（例：泣かす（使〜哭泣）、起こす（使〜立起、喚醒）……等）之外，絕大部分的使役句型都以下列二種形式出現。

001 ＡはＢを〜せる ／ 〜させる

中文解釋為「Ａ使Ｂ〜」、「Ａ讓Ｂ〜」、「Ａ叫Ｂ〜」。

連接 ▶ 使役者（Ａ）は ＋ 動作者（Ｂ）を ＋ 自動詞ない形 ＋ せる ／ させる

例句 ▶ わたしは 弟 を 泣かせました。（泣く）

我把弟弟弄哭了。

▶ 先生は学生を立たせました。（立つ）

老師叫學生站起來。

▶ 林君は先輩の悪口を言って、先輩を怒らせました。（怒る）

林同學說學長的壞話，讓學長生氣了。

002 ＡはＢに名詞を〜せる ／ 〜させる

中文解釋為「Ａ使Ｂ〜」、「Ａ讓Ｂ〜」、「Ａ叫Ｂ〜」。

連接 ▶ 使役者（Ａ）は ＋ 動作者（Ｂ）に ＋ 名詞を ＋

他動詞ない形 ＋ せる ／ させる

例句 ▶ 先生は学生に大きい声で本を読ませました。（読む）

老師叫學生大聲唸書。

▶ 社長はわたしにレポートを書かせました。（書く）

老闆叫我寫報告。

▶ その件はわたしに言わせてください。

＝（あなたは）わたしにその件を言わせてください。（言う）

那件事請讓我來說。

（三）動詞的使役被動句型 MP3-62))

　　使役被動句型是以「被指使者」的立場所看待的使役動作，使用於「某人被指使去做某事」時的語法表現。使役被動句型是將使役句型改為被動的形式，以被使役者當成句子的主語人物，使役者當成對象，句型架構與被動句型完全一樣。以「A（被使役者）は B（使役者）に 名詞を 使役被動句」的形式出現。

　　要注意的是，第一類動詞在製作使役被動形式時，除了語尾「〜す」以外的語彙，雖然文法上為「〜せられる」，但是在口語表達中經常以「される」取代其發音。

⑩ A は B に〜（さ）せられる

　　中文解釋為「A被B要求做〜」。

連接 ▶ A（被使役者）は ＋ B（使役者）に ＋
　　名詞を ＋ 動詞ない形 ＋（さ）せられる

例句 ▶ 父は医者にお酒をやめさせられました。（やめる）
　　父親被醫生要求戒酒。

　　▶ わたしは母に魚を食べさせられました。（食べる）
　　我被媽媽要求吃魚。

　　▶ わたしはセールスマンに本を買わせられました。（買う）
　　＝ わたしはセールスマンに本を買わされました。
　　我被推銷員強迫買了書。

　　▶ わたしは母に買い物に行かせられました。（行く）
　　＝ わたしは母に買い物に行かされました。　我被媽媽要求去買東西。

　　▶ 弟は母に勉強をさせられました。（する）　弟弟被媽媽要求讀書。

五 假設、假設逆態的相關句型

🔊 MP3-63))

在初級日語中，以「A と B」、「A たら B」、「A ば B」、「A なら B」來表示假設（條件）。這些語法用來表達當A條件成立時，會帶來B的現象、狀態、結果等。例如：「春になると、きれいな花が咲きます」（到了春天，就會開漂亮的花）、「雨が降ったら、試合が中止になるかもしれません」（如果下雨的話，可能會停賽）、「お金があれば、ぜひ日本へ行ってみたいです」（如果有錢的話，一定要去日本看看）、「京都へ旅行に行くなら、9月が一番いいと思います」（如果要去京都旅行的話，我想九月是最適宜的）。

而假設（條件）的逆態句則以「～ても」、「～のに」來表示，例如：「お金があっても、旅行に行きません」（即使有錢，也不去旅行）、「お金がないのに、たくさん買い物しました」（沒錢卻大量購物）。

到了中級日語時，則以下列的文法句型來表示假設（條件）、假設逆態的相關句型。

(001) ～とすると

中文解釋為「如果～」、「假如～的話」。通常以「A とすると、B」的句型出現，句首經常會伴隨強調語彙的「もし」出現，表達假如A的敘述是事實的話，則B的現象、狀態、結果等會同時出現。

連接 ▶ 動詞普通形 ・ イ形容詞普通形 ・ ナ形容詞だ ・ 名詞だ ＋ とすると

例句 ▶ 日本語ができないとすると、日系企業で働くのは辛いでしょう。
假如不會日文的話，在日系企業工作會很辛苦吧！

▶ 車の中で聞くとすると、ＭＰ３が便利です。

如果是在車上聽的話，MP3是很方便的。

---

002 ～としたら

中文解釋為「如果～」、「假如～的話」。通常以「Ａとしたら、Ｂ」的句型出現，表達假如Ａ的敘述是事實的話，則Ｂ的現象、狀態、結果等會伴隨出現。

連接 ▶ 動詞普通形 ‧ イ形容詞普通形 ‧ ナ形容詞だ ‧ 名詞だ ＋ としたら

例句 ▶ プレゼントをもらうとしたら、何がほしいですか。

如果可以得到禮物的話，想要什麼呢？

▶ 生まれ変わるとしたら、人間以外の何になりたいですか。

如果轉世的話，想當人類以外的什麼呢？

---

003 ～とすれば

中文解釋為「如果～」、「假如～的話」。通常以「Ａとすれば、Ｂ」的句型出現，句首經常會伴隨強調的「もし」（如果）、「仮に」（假設）語彙一起出現，表達假如Ａ的敘述是事實的話，則Ｂ的現象、狀態、結果等會伴隨出現。

連接 ▶ 動詞普通形 ‧ イ形容詞普通形 ‧ ナ形容詞だ ‧ 名詞だ ＋ とすれば

例句 ▶ 不況が続くとすれば、生活はますます苦しくなるでしょう。

如果繼續不景氣的話，生活會變得越來越苦吧！

▶ ペットを飼うとすれば、何がいいですか。

如果要養寵物的話，什麼比較好呢？

004 ～としても

中文解釋為「即使～也～」。通常以「Aとしても、B」的句型出現，表示即使是「A～，B也～」。是條件（假設）句型的逆態語法。

如果A以過去式「～たとしても、B」情況出現，表示即使是A事態成立的狀態下B也～。

如果A以現在式加上「～としても、B」的情況出現，則表示A和B成立的時間點相同，是將來要發生的動作狀態。

連接 ▶ 動詞普通形・イ形容詞普通形・ナ形容詞（だ）・名詞（だ）＋
としても

例句 ▶ これからタクシーに乗ったとしても、間に合いそうもない。

即使現在搭上計程車，也根本來不及。

▶ あなたの言うことが正しいとしても、先生に反対することは
できません。

就算你說的是對的，也不能反對老師。

005 ～にしても

中文解釋為「即使是～的話也～」。是條件（假設）句型的逆態語法。

通常以「Aにしても、B」的句型出現。表達即使A是事實也可能有B的狀況出現。

連接 ▶ 動詞普通形・イ形容詞普通形・名詞である・ナ形容詞である ＋
にしても

例句 ▶ お金がないにしても、人のお金を盗むのはいけないことです。

即使沒錢，也不能偷別人的錢。

▶ 食欲がないにしても、少しぐらい食べなさい。

即使沒有食慾，也多少要吃一些。

六　逆接的相關句型 MP3-64))

　　在初級日語中，以「～が」、「～けれども」、「～ても」來表示前、後文語意或語氣相違逆的逆接語法，中文解釋為「雖然～但是～」。例如：「日本料理はおいしいですが、高いです」（日本料理雖然好吃，但是很貴）、「日本へ行きたいけれど、時間もお金もないので、行けません」（雖然想去日本，但是既沒時間也沒錢，所以無法去）、「時間があっても、お金がなければ、旅行に行くことができません」（即使有時間，如果沒錢的話，也無法去旅行）。到中級日語時，則以下列的文法句型來表示逆接的相關句型。

(001) ～のに

　　中文解釋為「明明～卻～」。通常以「Ａのに、Ｂ」的句型出現，表達說話者對用「のに」連接的Ａ、Ｂ二件事感到驚訝或不滿的情緒。

連接 ▶ 動詞普通形・イ形容詞普通形・ナ形容詞な・名詞な ＋ のに

例句 ▶ 雨が降っているのに、傘も差さないで出かけました。

　　明明在下雨，卻沒撐傘就出門了。

　　▶ 日曜日なのに、会社へ行かなければなりません。

　　明明是星期天，卻非去公司不可。

(002) ～ながら ／ ～ながらも

　　中文解釋為「雖然～但是～」。通常以「Ａながら、Ｂ」的句型出現，表達雖然Ａ的敘述是事實但是卻是Ｂ的狀態。慣用表現有「残念ながら」（雖然很遺憾，但是～）、「勝手ながら」（雖然任性，但是～）等。

連接 ▶ 動詞ます形・イ形容詞・ナ形容詞であり・名詞であり ＋ ながら /

ながらも

例句 ▶ 彼にお礼を言おうと思いながら、とうとう言うのを忘れて

しまいました。

心裡雖然想著要向他道謝，終究還是忘了說。

▶ 王さんは毎日忙しいながらも、ボランティアを欠かしません。

王先生雖然每天很忙，卻不忘社會服務。

(003) ～といっても

中文解釋為「雖然～但是卻～」。通常以「Ａといっても、Ｂ」的句型出現。表達雖然有Ａ的事實，但是程度卻不如想像中來得高。

連接 ▶ 動詞普通形・イ形容詞普通形・ナ形容詞普通形・名詞普通形 ＋

といっても

例句 ▶ 日本語ができるといっても、簡単な会話だけで、まだまだ

勉強しなければなりません。

雖說會日文，卻也只是簡單的會話，還有很多要學習的。

▶ わたしのパソコンは古いといっても、まだ使えます。

我的個人電腦雖然舊了，但是還能用。

(004) ～くせに

中文解釋為「雖然～卻～」。通常以「Ａくせに、Ｂ」的句型出現。通常都是說話者認為Ａ是不好的、或是不對的，因此以責備、不滿的情緒表達心中的想法時所使用的語法。

連接 ▶ 動詞普通形・イ形容詞普通形・ナ形容詞な・名詞の ＋ くせに

例句 ▶ 子供のくせに、酒やタバコはいけないでしょう。

明明是小孩，酒呀菸呀的，不好吧！

▶ 知っているくせに、黙っているなんて、ひどい人だ。

明明知道，卻閉口不說，真是太糟糕的人。

七 複合詞的相關句型 🔊MP3-65

　　如字面所言，結合二個語彙而成的新語詞稱為「複合詞」。複合詞就詞類而言，有複合動詞、複合形容詞、複合名詞等。

　　複合詞的前半部（前項）若是動詞，則以前項第一個語彙的「い段音（ます形）」＋後項第二個語彙，就可以造就出複合意義的新語詞。原則上複合動詞以「自動詞＋自動詞」（例：走り回る）、「他動詞＋他動詞」（例：運び上げる）的形式出現。

　　此外，通常複合詞的屬性，是以後項的詞類來決定，例如「信じがたい」（難以相信）、「分りやすい」（容易理解）、「書きにくい」（不好寫）就是形容詞，而「食べかける」（吃到一半）、「飲みすぎる」（喝太多）、「難しすぎる」（太困難）就是動詞。

001 ～かける

　　中文解釋為「～做到一半」、「～沒做完」。表達動作或是狀態進行到一半，尚未完成的狀態。

連接 ▶ 動詞ます形 ＋ かける

例句 ▶ 宿題をしかけたとき、友達が遊びに来た。

　　作業寫到一半時，朋友過來玩了。

▶ 作文を書きかけたが、なかなかうまく書けない。

　　作文寫了一半，可是卻寫不好。

(002) ～きる

中文解釋為「完全～」、「做完～」。如果以「～きれない」的形式接續，則表示「不能完全～」的意思。

連接 ▶ 動詞ます形 ＋ きる

例句 ▶ 旅行中お金を全部使い<u>きって</u>しまった。
りょこうちゅう　　かね　　ぜんぶつか

旅行中錢全部用完了。

▶ 空に数え<u>きれない</u>きれいな星がたくさんある。
そら　かぞ　　　　　　　　　　　　　　　　ほし

天空中有數不清的漂亮星星。

(003) ～ぬく

中文解釋為「～到底」、「堅持做完～」。表達將一件必須完成的事情全程做完的意思，通常用來指比較困難或過程比較艱辛的事情。

連接 ▶ 動詞ます形 ＋ ぬく

例句 ▶ 難しくても、最後までやり<u>ぬく</u>気持ちが大切だ。
むずか　　　　　　さいご　　　　　　きも　　たいせつ

即使很困難，也要堅持做到最後的心意，是很重要的。

▶ 考え<u>ぬいた</u>決定だから、わたしの好きなようにさせてください。
かんが　　　　けってい　　　　　　　　　す

因為是深思之後的決定，所以就讓我放手去做吧！

(004) ～がたい

中文解釋為「難以～」、「很難～」。表示那個動作很難或不可能做到的意思。慣用語有「信じがたい」（難以相信）、「理解しがたい」（難以理解）、「許しがたい」（難以原諒）、「想像しがたい」（難以想像）等。
しん　　　　　　　　　　　　　　りかい　　　　　　　　　　ゆる　　　　　　　　　　　　そうぞう

連接 ▶ 動詞ます形 ＋ がたい

例句 ▶ その問題は複雑すぎて、わたしには理解しがたい。

那個問題太複雜了，我難以理解。

▶ そのような意見は、わたしには受け入れがたい。

像那種意見，我難以接受。

(005) ～かねる

中文解釋為「不能～」、「難以～」。表示雖然心裡想如此做，也不可能做到的意思。

連接 ▶ 動詞ます形 ＋ かねる

例句 ▶ その件に関しては、賛成しかねます。

有關那件事，難以贊成。

▶ その提案は残念ながら、受けかねます。

那個提案很可惜，難以受理。

(006) ～っぽい

中文解釋為「好像～的樣子」、「容易～的樣子」。通常是說話者用來表示自己所觀察到的狀態、樣子等。

連接 ▶ 動詞ます形・ イ形容詞去い・ 名詞 ＋ っぽい

例句 ▶ 彼女は安っぽいかばんを持っている。

她拿著看似便宜的皮包。

▶ 主人は怒りっぽい人ですが、心は優しいです。

我先生雖然是容易動怒的人，內心卻很溫柔。

007 ～げ

中文解釋為「帶有～的樣子」、「帶有～的感覺」。通常是說話者用來表示由外在的現象，所觀察到的主觀性感覺，所以通常連接在屬於感情或心理狀態的語彙之後使用。

連接 ▶ 動詞ます形‧ イ形容詞去い‧ ナ形容詞 ＋ げ

例句 ▶ 彼女は楽しげに大声で話しています。

她好像很愉快似地大聲說著話。

▶ 幸せげに料理を食べています。

充滿幸福的樣子吃著料理。

008 ～気味

中文解釋為「有點～感覺」、「稍微～感覺」。表達有某種感覺的傾向。通常都用來表示不好的、非自己所期望的狀況。

連接 ▶ 動詞ます形‧ 名詞 ＋ 気味

例句 ▶ 今日は風邪気味ですから、早めに休むつもりです。

今天好像有點感冒的樣子，打算早點休息。

▶ 最近は太り気味なので、夜８時以後は食べないようにしています。

因為最近好像有點變胖了，所以決定晚上八點以後不吃東西。

八 「する」、「なる」的 相關句型 MP3-66))

　　「する」解釋為「做～」，通常「～する」的句型是以人的行為、動作當成敘述的主體。相對於此，「なる」這個語彙則解釋為「變成～」，「～なる」的句型則是以人的行為、動作之後的變化、結果為敘述的主體。相關句型如下：

(001) ～がする

　　中文解釋為「覺得～」、「感覺～」。表達有某種感覺的意思。通常都以「が」助詞來提示味覺、嗅覺、聽覺、視覺、感覺等五感的內容。

連接 ▶ 名詞 ＋ がする

例句 ▶ その人はどこかで会ったような気がする。

　　那個人感覺在什麼地方見過。

　　▶ 喫茶店の前を通るとコーヒーのいい香りがします。

　　經過咖啡廳的前面就聞到咖啡的香氣。

(002) ～をする

　　中文解釋為「做～」、「外觀呈現～樣態」、「做～工作」。表達人的動作或行為內容的事物現象。

連接 ▶ 名詞 ＋ をする

例句 ▶ 日曜日は母と買い物をする予定です。

　　星期天打算和母親去購物。

▶ その建物は変な形をしています。

那個建築物呈現奇怪的形狀。

▶ わたしは大学の教師をしています。

我在大學擔任教師。

（003） ～にする

中文解釋為「決定～」。說話者用來表達心中的決定的語法。

連接 ▶ ①動詞辭書形・動詞ない形ない ＋ こと ＋ にする

②名詞 ＋ にする

例句 ▶ 毎日１時間ぐらい日本語を勉強することにしている。

決定每天唸日文一個小時左右。

▶ わたしはカレーライスにします。

我要點咖哩飯。

（004） ～ようにする

中文解釋為「盡可能地（努力地）去做～」。是說話者表達心中努力想要達成的目標的語法。

連接 ▶ 動詞辭書形 ＋ ようにする

例句 ▶ なるべく１２時前に寝るようにする。

盡可能十二點以前睡覺。

▶ エスカレーターに乗らないで、階段を登るようにしている。

決定不搭電梯，盡可能走樓梯。

005 **〜くする**

中文解釋為「使〜變成〜」的意思。表達說話者刻意地使某種狀態產生變化的意思。

連接 ▶ イ形容詞去い ＋ くする

例句 ▶ ビールは冷たくすると、もっとおいしいですよ。

啤酒冰過以後，會更好喝喔！

▶ 裾がちょっと長いので、短くしました。

裙襬有點長，所以將它剪短了。

006 **〜になる**

中文解釋為「變成〜」、「成為〜」的意思。表達事物本身的自然變化，是自然驅使下的結果、或是因外界的影響而產生的變化結果。

連接 ▶ ①動詞辭書形 ＋ こと ＋ になる

②ナ形容詞・名詞 ＋ になる

例句 ▶ 父は働きすぎて、病気になりました。

父親工作過度，生病了。

▶ 彼女は恋をしているから、きれいになりました。

她談戀愛了，所以變漂亮了。

▶ 来年の春、結婚することになりました。

明年春天要結婚了。

007 ～くなる

中文解釋為「變得～」的意思。用來表示「狀態」、「結果」的變化過程。

連接 ▶ イ形容詞去い + くなる

例句 ▶ 彼女の料理はおいし<u>くなりました</u>。

她的料理變好吃了。

▶ 日本語の授業はだんだん難し<u>くなります</u>。

日文課，變得愈來愈難了。

008 ～ようになる

中文解釋為「變得能夠～」、「變得可以～」的意思。此句型用來表達（1）人的行為能力從無到有的變化過程，（2）環境條件變得完備的變化過程。

連接 ▶ 動詞可能形 + ようになる

例句 ▶ 最近、日本語が話せる<u>ようになりました</u>。

最近，變得會說日文了。

▶ 台湾新幹線ができてから、高雄へ速く行ける<u>ようになりました</u>。

台灣高鐵完成後，變得可以更快速地到高雄了。

九 「そう」的相關句型 MP3-67))

　　「そう」的句型有「傳聞」與「樣態」二種功能。其中「傳聞」的「傳」是「傳遞、告知」的意思，「聞」是「聽、聽到」的意思，所以「傳聞」也就是「將聽到的事情傳遞、告知給他人」的意思。

　　至於「樣態」的「樣」是「樣子」，「態」是「狀態」，所以「樣態」是「實際經由眼睛看過，確認後，所感受到的樣子、狀態等」的意思。

（一）「傳聞」的句型經歸納整理後，有以下幾組表現：

001 動詞普通形＋そうです

　　「傳聞」表現。說話者將間接從他人、他處所聽到的訊息，傳達給第三者知道的語法，中文解釋為「聽說～」、「據說～」。

例句 ▶ 林さんによると先輩は来月結婚するそうです。

　　聽林先生說，學長下個月要結婚。

▶ ニュースによると、日本は四月から消費税が上がったそうです。

　　聽新聞說，日本從四月開始消費稅漲了。

(002) イ形容詞普通形＋そうです

「傳聞」表現。說話者將間接從他人、他處所聽到的訊息，傳達給第三者知道的語法，中文解釋為「聽說～」、「據說～」。

例句 ▶ その店の商品は高いそうです。

聽說那家店的商品很貴。

▶ 『KANO』という映画は面白いそうです。

聽說《KANO》那部電影很有趣。

(003) ナ形容詞普通形＋そうです

「傳聞」表現。說話者將間接從他人、他處所聽到的訊息，傳達給第三者知道的語法，中文解釋為「聽說～」、「據說～」。

例句 ▶ 王さんの彼女はきれいだそうですよ。

聽說王先生的女朋友很漂亮喔。

▶ 昨日、運動会はとてもにぎやかだったそうです。

聽說昨天運動會非常熱鬧。

(004) 名詞普通形＋そうです

「傳聞」表現。說話者將間接從他人、他處所聽到的訊息，傳達給第三者知道的語法，中文解釋為「聽說～」、「據說～」。

例句 ▶ 先輩の話によると、先生は病気だそうです。

據學長說，老師生病了。

▶ 天気予報によると、昨日、北海道は大雪だったそうです。

據氣象預報說，昨天北海道下大雪。

（二）「樣態」的句型經歸納整理後，有以下幾組表現：

001 動詞ます形＋そうです

「樣態」表現。說話者經由眼睛看了之後所確認的樣子、狀態，然後依此做出判斷，認為該事物好像是……，所以中文解釋為「看起來好像是～」。

例句 ▶ 曇っています。雨が降りそうですね。

天氣陰陰的。好像快下雨了耶。

▶ もう発車しそうですよ。急いでください。

已經快要發車囉。請快一點。

此外，依使用上的需要，還可將「そう」拿到句子中間，以「そうな」的形式，修飾名詞，例：「雨が降りそうな天気です。」（看起來像是要下雨的天氣。）或以「そうに」的形式，修飾動詞，例：「子供は泣きそうに何か話しています。」（小孩看似要哭的樣子在說著什麼。）。

002 イ形容詞去イ＋そうです

「樣態」表現。說話者經由眼睛看了之後所確認的樣子、狀態，然後依此做出判斷，認為該事物好像是……，所以中文解釋為「看起來好像是～」。

例句 ▶ あの荷物は重そうです。

那個行李看起來好像很重的樣子。

▶ このケーキは甘そうです。

這個蛋糕看起來好像很甜的樣子。

▶ 陳さんの彼氏はよさそうな人です。

陳小姐的男朋友看起來是很好的人。

▶ 明日は天気が<u>よくなさそう</u>です。

看樣子明天天氣不太好。

此外，依使用上的需要，還可將「そう」拿到句子中間，以「そうな」的形式，修飾名詞，例：「<u>おいしそうな</u>ケーキです。」（看起來很美味的蛋糕。）或以「そうに」的形式，修飾動詞，例：「子供は<u>おいしそうに</u>ケーキを食べています。」（小孩津津有味地吃著蛋糕。）請注意以下二個語彙的變化：

いい　→　よさそう

ない　→　なさそう

(003) ナ形容詞語幹＋そうです

「樣態」表現。說話者經由眼睛看了之後所確認的樣子、狀態，然後依此做出判斷，認為該事物好像是……，所以中文解釋為「看起來好像是～」。

例句 ▶ <u>元気そう</u>ですね。風邪はもう治りましたか。

看起來精神不錯喔！感冒已經好了嗎？

▶ <u>丈夫そうな</u>靴ですね。どこで買いましたか。

看起來很耐穿的鞋子喔！在哪裡買的呢？

此外，依使用上的需要，還可將「そう」拿到句子中間，以「そうな」的形式，修飾名詞，例：「<u>複雑そうな</u>問題ですね。」（看起來是複雜的問題耶！）或以「そうに」的形式，修飾動詞，例：「林さんは<u>幸せそうに</u>彼氏のことを話しています。」（林小姐看似幸福地說著男友的事情。）。

注意：「名詞＋そうです」的樣態句型不存在喔！

十 「よう」的相關句型 MP3-68))

　　在初級日語中，「〜よう（〜う）」，用來表達說話者心中的意志、決定，是「〜ましょう」的普通形。而「〜よう（〜う）＋と思_{おも}います」句型，則用來表達說話者說話當時心中的想法、決定，例如：「わたしは会社_{かいしゃ}を辞_やめようと思_{おも}います」（我想要辭職）。還有「〜よう（〜う）＋とする」句型，是用來表達說話者努力嘗試要做心中所決定的事情，例如：「電車_{でんしゃ}を降_おりようとした時_{とき}、ドアが閉_しまって降_おりられませんでした」（正要下電車時門關上了，所以來不及下車）。到了中級日語時，「よう」的相關句型，則有下列的語法表現。

001 動詞普通形＋ようです

　　「推測」表現。是說話者根據自己感受到或捕捉到的印象，對事物、現象進行主觀推論、判斷的語法。中文解釋為「好像〜」、「似乎〜」。

例句 ▶ あの人_{ひと}はどこかで会_あったようです。

　　那個人好像在哪裡見過。

▶ 日本_{にほん}の男性_{だんせい}はあまり家事_{かじ}をしないようです。

日本的男性好像不太做家事。

002 ナ形容詞語幹＋な＋ようです

　　「推測」表現。是說話者根據自己感受到或捕捉到的印象，對事物、現象進行推論、判斷的語法。中文解釋為「好像〜」、「似乎〜」。

例句 ▶ 彼女_{かのじょ}は甘_{あま}いものが好_すきなようですね。

　　她好像喜歡吃甜食呢！

▶ 父_{ちち}の仕事_{しごと}はたいへんなようです。毎日残業_{まいにちざんぎょう}していますから。

父親的工作好像很辛苦。因為他每天都加班。

003 イ形容詞普通形＋ようです

「推測」表現。與上述句型相同，是說話者根據自己感受到或捕捉到的印象，對事物、現象進行推論、判斷的語法。中文解釋為「好像～」、「似乎～」。

例句 ▶ あの人_{ひと}はいつも忙_{いそが}しいようです。

那個人好像總是很忙。

▶ その先生_{せんせい}の授業_{じゅぎょう}はおもしろいようです。

那位老師的授課似乎很有趣。

004 名詞の＋ようです

「推測」表現。與上述句型相同，是說話者根據自己感受到或捕捉到的印象，對事物、現象進行推論、判斷的語法。中文解釋為「好像～」、「似乎～」。

例句 ▶ 林_{りん}さんは顔色_{かおいろ}がよくないですから、病気_{びょうき}のようです。

林先生的臉色不太好，所以好像是生病了。

▶ 彼_{かれ}のお兄_{にい}さんはパイロットのようですよ。

他哥哥好像是飛行員喔！

005 動詞普通形 / 名詞の＋ようです

「比喻」表現。說話者對事物或狀態加以比擬的語法。中文解釋為「像～一般」、「與～相似」。依使用上的需要，還可將「よう」拿到句子中間，以「ように」、「ような」的形式修飾後句的動詞、名詞、形容詞等。

例句 ▶ 上田さんは、疲れて死んだように寝ています。

上田先生因為疲累，如死去般地睡著。

▶ 彼は竹を割ったような性格をしています。

他擁有心直口快的個性。

▶ 今日は暖かくてまるで春のようです。

今天暖和地像是春天。

▶ 今日は春のように暖かいです。

今天像春天般的暖和。

006 動詞普通形 / 名詞の＋ようです

「例示」表現。將聽到、看到、學到、讀到的內容，用文字語言或動作如實地呈現，中文解釋為「按照～」、「像～那樣」。依使用上的需要，還可將「よう」拿到句子中間，以「ように」、「ような」的形式修飾後句的動詞、名詞等。

例句 ▶ 本に書いてあるように、クッキーを作りました。

按照書上所寫的，做了餅乾。

▶ 前回の会議で話したように、今月からコストを削減します。

如上次會議所說的，這個月開始縮減成本。

▶ このような条件では、合意できません。

像這樣的條件，是無法達成共識的。

▶ 下記のような結果になりました。

變成下列般的結果。

(007) 動詞可能形＋ようになりました

「能力的變化」句型。此句型用來表示（1）人的行為能力從無到有的變化過程，中文解釋為「變得能夠～」，或是（2）環境條件變得完備的過程，中文解釋為「變得可以～」。

例句 ▶ 毎日練習したので、泳げるようになりました。

因為每天練習，所以變得會游泳了。

▶ A：コンビニでコンサートの切符も買えるようになりましたね。

A：在便利商店也能夠買到演唱會的票了耶！

B：そうですね。便利になりました。

B：是呀！變得好方便。

(008) 動詞辞書形 / ない形＋ようにします

「習慣的養成」句型。此句型用來表示說話者努力去建立一種習慣，或是經常自我提醒要建立良好習慣的語法，中文解釋為「盡可能～」。

例句 ▶ できるだけ12時前に寝るようにしています。

盡可能十二點前睡覺。

▶ 健康のため甘いものを食べないようにしています。

為了健康盡量不吃甜食。

⑩⑨ 動詞辭書形 / ない形＋ようになりました

「習慣的變化」句型。此句型用來表示說話者的動作習慣自然變化的結果，中文解釋為「變得～」。

例句 ▶ 最近は推理小説を読むようになりました。

最近開始看推理小說了。

▶ 忙しいから、あまり行かないようになりました。

因為忙碌，變得不常去了。

⑩⑩ 動詞可能形 / ない形＋ように

「目的」句型。此句型以「動詞可能形／ない形（Ａ）＋ように＋動作句（Ｂ）」的形式出現，（Ａ）表示期望達成的目的、目標，（Ｂ）表示為了達成或接近此目的、目標所做的努力，中文解釋為「為了能夠Ａ～所以做Ｂ」。

例句 ▶ 上手に話せるように何度も練習します。

為了能夠說得很好，練習了無數次。

▶ 忘れないように手帳に書いておきました。

為了不忘記，先寫在記事本上。

⑩⑪ 動詞辭書形 / ない形＋ように言います

「訊息傳遞」句型。此句型用來表示說話者為第三人傳遞訊息（指示、命令等）給對話者時，中文解釋為「～（人）說了～」。

例句 ▶ 医者がしばらくお酒を飲まないように言いましたよ。

醫生說暫時不要喝酒喔！

▶ 課長が早くレポートを出すように言いましたよ。

課長說快點交報告喔！

012 動詞辭書形 / ない形＋ように伝<ruby>伝<rt>つた</rt></ruby>えて / 言<ruby>言<rt>い</rt></ruby>ってください

「訊息傳遞」句型。此句型用在說話者透過對話者傳遞訊息（指示、命令等）給第三人知道時，中文解釋為「請對（～人）說～」。

例句 ▶ 王<ruby>王<rt>おう</rt></ruby>さんに、明日<ruby>明日<rt>あした</rt></ruby>は 10 時<ruby>時<rt>じゅうじ</rt></ruby>に来<ruby>来<rt>く</rt></ruby>るように伝<ruby>伝<rt>つた</rt></ruby>えてください。

請告訴王先生明天十點來。

▶ 皆<ruby>皆<rt>みな</rt></ruby>さんに、集合時間<ruby>集合時間<rt>しゅうごうじかん</rt></ruby>に遅<ruby>遅<rt>おく</rt></ruby>れないように言<ruby>言<rt>い</rt></ruby>ってください。

請告訴大家，不要誤了集合時間。

013 動詞可能形 / ます形 / ません形＋ように

「祈願」句型。此句型用來表示說話者心中的祈求、心願，中文解釋為「希望～」。

例句 ▶ 合格<ruby>合格<rt>ごうかく</rt></ruby>できるように神様<ruby>神様<rt>かみさま</rt></ruby>に祈<ruby>祈<rt>いの</rt></ruby>った。

向神明祈禱希望能夠合格。

▶ 父<ruby>父<rt>ちち</rt></ruby>の病気<ruby>病気<rt>びょうき</rt></ruby>が治<ruby>治<rt>なお</rt></ruby>りますように。

希望爸爸的病能治好。

014 動詞辭書形 / ない形＋ように

「命令」句型。要「某人做某事」的語法，是說話者委婉的命令語氣，中文解釋為「請～」。

例句 ▶ A：ここで、タバコを吸<ruby>吸<rt>す</rt></ruby>わないように。

A：此處請勿抽菸。

B：すみません。すぐ消<ruby>消<rt>け</rt></ruby>します。

B：對不起。我馬上熄掉。

▶A：明日はもっと早く来るように。

A：明天要更早來。

B：はい、分かりました。

B：是！我知道了。

十一　敬語的相關表現

「敬語」可分為「尊敬語」、「謙讓語」、「丁寧語」三大類，是人際關係上的語言對待表現。

「敬語」是說話者為了表示自己的教養、或為了向對話者表達尊敬之意、或為了對談話內容中的人物表達心中的敬意，所使用的特殊表現。原則上使用於下列幾種場合：

　　＜Ｉ＞　說話者表示本身的語言教養

　　＜Ⅱ＞　對年齡、階級、社會地位等上位者說話時

　　＜Ⅲ＞　對陌生或不熟識的對象說話時

　　＜Ⅳ＞　在正式或公開場合說話時

此外，大家所熟知的「美化語」，也可以當成「準敬語」使用。

以下分別就敬語中的「尊敬語」、「謙讓語」、「丁寧語」一一說明。

（一）尊敬語的相關表現 MP3-69))

說話者向對話者、或話題中的人物表達尊敬之意的表現。有以下五種表現方式。

001 特殊用語

要表達尊敬之意時，若遇到以下動詞語彙，要用特殊用語，才能變成尊敬語。例如「食べる」和「召し上がる」，雖然同樣是「吃」，但是「食べる」是一般用語，「召し上がる」是尊敬語。

「尊敬語」和「謙讓語」特殊用語整理

尊敬語	一般動詞	謙讓語
いらっしゃる おいでになる	いる 人物的存在	おる
いらっしゃる おいでになる お越しになる	行く・来る 去・來	伺う・参る
召し上がる	飲む・食べる 喝・吃	頂く
おっしゃる	言う 說	申し上げる・申す
ご覧になる	見る 看	拝見する
お見せになる	見せる 給人看～	お目にかける
ご存知だ 知られる	知っている 知る 知道	存じている 存じ上げる 承知する
くださる	くれる 他人給我或我們～	―
―	あげる 給人～	さしあげる

| － | もらう
接受〜 | 頂く |
| なさる | する
做〜 | 致す |

註 原則上有特殊用語的動作，較少以下列 ⓪⓪② 、 ⓪⓪③ 、 ⓪⓪④ 、 ⓪⓪⑤ 的形式出現。

例句 ▶ 明日、先生は学校へいらっしゃいますか。

明天，老師會來學校嗎？

▶ 先生は研究室にいらっしゃいますか。

老師在研究室嗎？

▶ もう、ご飯を召し上がりましたか。

已經用過餐了嗎？

▶ これは先生がくださった本です。

這是老師給的書。

▶ 明日、何をなさいますか。

明天要做什麼呢？

⓪⓪② ご＋漢語 / お＋和語

名詞的敬語表現。對談話對方所屬的事物表達敬意的方式。

例句 ▶ ご両親によろしくとお伝えください。

請向您雙親問好。

▶ お元気ですか。

你好嗎？

003 お＋和語動詞ます形＋になる ／ ください

一般的動詞要改為尊敬語的方法，是在動詞ます形的前後加上「お～になる ／ ください」即可。

例句 ▶ あなたが<u>お書きになった</u>本はこれですか。

您寫的書是這本嗎？

▶ どうぞ<u>お座りください</u>。

請坐。

004 ご＋漢語動詞語幹＋になる ／ ください

漢語動詞即是動作性名詞，因為是源自於漢語，所以大部分都是考生一看就懂的語彙。漢語動詞要改為尊敬語的方法是，直接在語彙之前後加上「ご～になる ／ ください」即可。

例句 ▶ 昨日は何時ごろ<u>ご帰宅</u>になりましたか。

昨天是幾點左右回到家呢？

▶ ここにお名前とご住所を<u>ご記入ください</u>。

請在此寫上姓名與地址。

005 動詞ない形＋れる ／ られる

一般的動詞也可以在ない形變化之下接續「れる」、「られる」做出尊敬語的語法，此形式的尊敬語，因為與被動表現、可能表現完全相同，所以必須特別小心判斷。

例句 ▶ 先生は４か国語もの言葉を<u>話されます</u>。

老師會說四國語言。

▶ 部長は今年で３０年<ruby>勤<rt>つと</rt></ruby>められた<ruby>会社<rt>かいしゃ</rt></ruby>を<ruby>退職<rt>たいしょく</rt></ruby>されました。

部長今年從工作了三十年的公司退休了。

▶ <ruby>本日<rt>ほんじつ</rt></ruby><ruby>午前<rt>ごぜん</rt></ruby>9時ごろ、<ruby>県知事<rt>けんちじ</rt></ruby>が<ruby>視察<rt>しさつ</rt></ruby>に<ruby>来<rt>こ</rt></ruby>られます。

縣長今天上午九點左右,要來視察。

(二) 謙讓語的相關表現 MP3-70))

　　說話者藉由貶低、壓抑自己立場或態度的方式,以突顯、提高對話者的立場或身分,此種關係考量下所使用的語言表現即是「謙讓語」。謙讓語的特殊語彙,請參考(一)尊敬語之整理表格。

001 お＋和語動詞ます形＋する / <ruby>致<rt>いた</rt></ruby>す

　　一般的動詞要改為謙讓語的方法是,在動詞ます形的前後加上「お～する / <ruby>致<rt>いた</rt></ruby>す」即可。

例句 ▶ お<ruby>荷物<rt>にもつ</rt></ruby>をお<ruby>運<rt>はこ</rt></ruby>びしましょうか。

我幫您搬行李吧!

▶ お<ruby>願<rt>ねが</rt></ruby>い<ruby>致<rt>いた</rt></ruby>します。

麻煩您了!

002 ご＋漢語動詞語幹＋する / <ruby>致<rt>いた</rt></ruby>す

　　漢語動詞即是動作性名詞,因為是源自於漢語,所以大部分都是考生一看就懂的語彙。漢語動詞要改為謙讓語的方法是,直接在語彙之前後加上「ご～する / <ruby>致<rt>いた</rt></ruby>す」即可。

例句 ▶ ご無沙汰しております。お変わりありませんか。

好久不見，您好嗎？

▶ 皆さんにご連絡致します。

我會與大家聯絡。

（三）丁寧語的相關表現 MP3-71))

　　丁寧語，即是我們所熟知的「禮貌形」，是說話者向對話者表達禮儀、客氣的語法。「です」、「ます」的時態，是最具代表性的表現形式。此外，「でございます」是「です」的慎重語法，而「ございます」則是「あります」的慎重語法。

例句 ▶ わたしは余です。

我姓余。

▶ わたしは余でございます。

敝姓余。

▶ 毎日、日本語を勉強します。

每天唸日文。

▶ 10円玉がありますか。

有十日圓銅板嗎？

▶ 10円玉がございますか。

您有十日圓銅板嗎？

新日檢N3言語知識
（文字‧語彙‧文法）全攻略

第四單元
模擬試題+完全解析

　　三回模擬試題，讓您在學習之後立即能測驗自我實力。若有不懂之處，中文翻譯及解析更能幫您了解盲點所在，補強應考戰力。

模擬試題第一回

問題1 ＿＿＿のことばの読み方として最もよいものを、1・2・3・4
から一つ選びなさい。

（　）① わたしの彼は頼もしくて賢い人です。

    1 かなしい　　　2 かしこい　　　3 たのもしい　　4 けわしい

（　）② そんな説明では、納得できません。

    1 なとく　　　　2 のうとく　　　3 なつとく　　　4 なっとく

（　）③ 昨日の宿題はとても簡単でした。

    1 かんたん　　　2 けんたん　　　3 げんたん　　　4 がんたん

（　）④ 先輩は10年間日本で生活した経験がある。

    1 けいげん　　　2 げいけん　　　3 けいけん　　　4 げんけい

（　）⑤ 日本では20歳になった若者を祝うために、成人式が行われる。

    1 わらう　　　　2 いわう　　　　3 ねらう　　　　4 いのう

（　）⑥ 妻は優しくて、大人しい人です。

    1 たいにんしい　　　　　　2 ともしい
    3 おとなしい　　　　　　　4 おどなしい

（　）⑦ 梅雨が明けたら、暑くなりますよ。

    1 うめあめ　　　2 つゆ　　　　3 ばいあめ　　　4 つうゆう

（　）⑧ 彼とは慎重に結婚を考えています。

    1 しんちょう　　2 じんちょう　　3 じんじゅう　　4 しんじゅう

問題2 ＿＿のことばを漢字で書くとき、最もよいものを、1・2・3・4
から一つ選びなさい。

（　）① これは<u>てま</u>がかかる仕事です。

　　　　1 手前　　　　　2 手間　　　　　3 居間　　　　　4 床屋

（　）② 昨日、駐車<u>いはん</u>で警察に注意された。

　　　　1 意反　　　　　2 異変　　　　　3 違半　　　　　4 違反

（　）③ 空に<u>かぞえ</u>きれない星がある。

　　　　1 数え　　　　　2 加え　　　　　3 終え　　　　　4 抱え

（　）④ 時間を<u>ゆうこう</u>に利用しなさい。

　　　　1 友好　　　　　2 有効　　　　　3 有功　　　　　4 優好

（　）⑤ <u>素直</u>に<u>あやまる</u>ことは、そんなに難しいことですか。

　　　　1 謝る　　　　　2 誤る　　　　　3 感る　　　　　4 錯る

（　）⑥ この１年で、<u>ぶっか</u>はどんどん上がっている。

　　　　1 物値　　　　　2 物価　　　　　3 価値　　　　　4 値段

問題3 （　　）に入れるのに最もよいものを、1・2・3・4から一つ
選びなさい。

（　）① 妹は遠足が中止になって、（　　）している。

　　　　1 がっかり　　　2 めっきり　　　3 そっくり　　　4 びっくり

（　）② その（　　）は直したほうがいいと思います。

　　　　1 欠陥　　　　　2 欠点　　　　　3 欠勤　　　　　4 欠席

（　）③ 学校で習ったことを（　　）、仕事したいです。

　　　　1 おいて　　　　2 だした　　　　3 いかして　　　　4 かえて

（　）④ 子供なのに、（　　）なことを言うな。

      1 生意気   2 浮気   3 気軽   4 気兼ね

（　）⑤ 最近は健康志向で、シー（　　）が流行している。

      1 パン   2 チーズ   3 メニュー   4 フード

問題4　____に意味が最も近いものを、1・2・3・4から一つ選びなさい。

（　）① 娘はなかなか料理が上手になってきた。

      1 かなり   2 すこし   3 だいたい   4 やっと

（　）② 一日中ずっと働いていたから、本当にくたびれた。

      1 暇だった   2 残念だった   3 丈夫でした   4 疲れた

（　）③ 昨日のパーティーには、やく50人ぐらいが参加しました。

      1 きっと   2 おそらく   3 おおよそ   4 ほとんど

（　）④ 社長はもうこのレポートをご覧になりましたか。

      1 もらいました   2 つけました

      3 直しました   4 見ました

（　）⑤ 浅田真央選手の演技は本当にすばらしかったです。

      1 めずらしかった   2 たいへんでした

      3 見事だった   4 おもしろかった

問題5 つぎのことばの使い方として最もよいものを、1・2・3・4
から一つ選びなさい。

（　）① 削除

1 人員を<u>削除して</u>、コストを減らそう。

2 いらない内容を<u>削除して</u>、書き直した。

3 手間を<u>削除して</u>、時間を短くした。

4 悩みが<u>削除して</u>、ほっとした。

（　）② うろうろ

1 <u>うろうろ</u>しないで、はやく食べなさい。

2 わたしはうれしくて、心が<u>うろうろ</u>している。

3 怪しい男が家の前を<u>うろうろ</u>している。

4 警察が町中を<u>うろうろ</u>している。

（　）③ 従う

1 日本へ行ったら、日本人のルールに<u>従う</u>べきだ。

2 結婚したら、夫の姓に<u>従う</u>つもりだ。

3 医者になったのは、考えに<u>従う</u>結果だ。

4 日本に<u>従う</u>、友人が来ました。

（　）④ ほしがる

1 わたしは車を<u>ほしがる</u>。

2 マラソンの後は、誰もが水を<u>ほしがる</u>。

3 あなたが<u>ほしがる</u>ものは何ですか。

4 あなたに<u>ほしがる</u>パソコンを買ってあげよう。

（　）⑤ かわいそう

　　1 わあ、かわいそうですね。わたしにください。

　　2 色白でかわいそうな赤ちゃんですね。

　　3 子供をかわいそうな親は大勢いる。

　　4 かわいそうな人を助けてあげたい。

問題6　つぎの文の（　　）に入れるのに最もよいものを、1・2・3・4 から一つ選びなさい。

（　）① 子供の期待（　　）、今晩はピザにしましょう。

　　1 に応えて　　　2 において　　　3 について　　　4 に対して

（　）② 今日、テキストを忘れて来たので、先生のを使わせて（　　）。

　　1 くれた　　　　2 さしあげた　　3 いただいた　　4 やった

（　）③ 最近は忙しくて、映画を見る暇（　　）ない。

　　1 では　　　　　2 さえ　　　　　3 だけ　　　　　4 のみ

（　）④ コンビニは年中（　　）、営業しています。

　　1 休みない　　　2 休まず　　　　3 休まなくて　　4 休むな

（　）⑤ わたしは兄にジュースを買いに（　　）。

　　1 行かせられた　　　　　　　2 行かれた

　　3 行かせた　　　　　　　　　4 行けた

問題7 つぎの文の ＿★＿ に入る最もよいものを、1・2・3・4から
一つ選びなさい。

（　）① たった5歳で ＿＿＿＿ ＿＿＿＿ ＿＿＿＿ ＿★＿ 信じられない。

1 上手に　　　　2 こんな　　　3 なんて　　　4 歌う

（　）② パソコンは若者 ＿★＿ ＿＿＿＿ ＿＿＿＿ ＿＿＿＿ だ。

1 もの　　　　　2 にとって　　3 ならない　　4 なくては

（　）③ 料理を作る ＿＿＿＿ ＿★＿ ＿＿＿＿ ＿＿＿＿ が、最近は暇が
ないので外食ばかりだ。

1 じゃない　　2 の　　　　　3 苦手　　　　4 は

（　）④ これを上 ＿＿＿＿ ＿＿＿＿ ＿★＿ ＿＿＿＿ おいてください。

1 3段目の　　　2 ところに　　3 棚の　　　　4 から

（　）⑤ A「先生、今から頑張れば、日本語能力試験に合格できる
でしょうか」

B「あなたの努力次第ですよ。＿＿＿＿ ＿★＿ ＿＿＿＿ ＿＿＿＿
どうですか」

1 だけ　　　　　2 やって　　　3 やれる　　　4 みたら

問題8　つぎの文章を読んで、①から⑤の中に入る最もよいものを、
　　　　1・2・3・4から一つ選びなさい。

「勉強しろ！」という言葉

……（略）
　「小学生の時、お母さんから『勉強しろ！』と言われた人？」
　これは全員が手を挙げました。　①　百％というわけです。小
学生の時は皆言われるんだなと思いました。日本中のお母さんは、
我が子が小学生の時は1人残らず誰でも「勉強しろ！」と言われ
ることを知り、今さらながら驚いてしまいます。……（略）
　「『勉強しろ！』と言われた　②　不愉快になり、『勉強など、
いやだなあ！』と思った人？」
　これは「はあい！」と言いながら、両手を挙げて全員が立ち上
がってしまったからです。……（略）
　「勉強しろ」という言葉　③　、子供の勉強に有害であるものは
ないということをこの統計から　④　と感じるのですが、世のお
母さん方は逆に、この言葉を言わずに　⑤　のですから困ります。

（光永貞夫『勉強好きにするには』による）

（　）① 1 たとえ　　　2 それで　　　3 つまり　　　4 ゆえに

（　）② 1 とたんに　　2 だけに　　　3 場合に　　　4 まま

（　）③ 1 より　　　　2 さえ　　　　3 いわゆる　　4 ほど

（　）④ 1 しとしと　　2 しみじみ　　3 のろのろ　　4 せいぜい

（　）⑤ 1 いられない　2 いない　　　3 おかない　　4 できない

模擬試題第一回　解答

問題1　　① 2　　　② 4　　　③ 1　　　④ 3　　　⑤ 2
　　　　　　⑥ 3　　　⑦ 2　　　⑧ 1

問題2　　① 2　　　② 4　　　③ 1　　　④ 2　　　⑤ 1
　　　　　　⑥ 2

問題3　　① 1　　　② 2　　　③ 3　　　④ 1　　　⑤ 4

問題4　　① 1　　　② 4　　　③ 3　　　④ 4　　　⑤ 3

問題5　　① 2　　　② 3　　　③ 1　　　④ 2　　　⑤ 4

問題6　　① 1　　　② 3　　　③ 2　　　④ 2　　　⑤ 1

問題7　　① 3　　　② 2　　　③ 4　　　④ 3　　　⑤ 1

問題8　　① 3　　　② 1　　　③ 4　　　④ 2　　　⑤ 1

模擬試題第一回　中譯及解析

問題1 ＿＿のことばの読み方として最もよいものを、1・2・3・4から一つ選びなさい。

（　）① わたしの彼は頼もしくて<u>賢い</u>人です。

　　　　1 かなしい　　　　2 かしこい　　　　3 たのもしい　　　4 けわしい

中譯 我的男朋友是個值得信賴、很聰明的人。

解析 選項1「悲しい」是「悲傷的」；選項2「賢い」是「聰明的」；選項3「頼もしい」是「可靠的」；選項4「険しい」是「險峻的」，所以答案是2。

（　）② そんな説明では、<u>納得</u>できません。

　　　　1 なとく　　　　　2 のうとく　　　　3 なつとく　　　4 なっとく

中譯 那種說明，我無法同意。

解析 本題答案為4，測驗考生對促音的熟悉度。

（　）③ 昨日の宿題はとても<u>簡単</u>でした。

　　　　1 かんたん　　　　2 けんたん　　　　3 げんたん　　　4 がんたん

中譯 昨天的作業很簡單。

解析 本題答案為1，測驗考生對「簡」字發音的熟悉度。

（　）④ 先輩は 10 年間日本で生活した<u>経験</u>がある。

　　　　1 けいげん　　　　2 げいけん　　　　3 けいけん　　　4 げんけい

中譯 前輩有在日本生活十年的經驗。

解析 本題答案為3，測驗考生對長音及鼻音的熟悉度。

（　）⑤ 日本では20歳になった若者を<u>祝う</u>ために、成人式が行われる。

　　　　1 わらう　　　　　2 いわう　　　　　3 ねらう　　　4 いのう

中譯 在日本為祝賀年滿二十歲的年輕人，會舉行成人儀式。

解析 選項1「笑う」是「笑」；選項2「祝う」是「祝賀」；選項3「狙う」是「瞄準、伺機」；選項4是不存在的語彙，所以答案是2。

（　）⑥ 妻は優しくて、<ruby>大人<rt>おとな</rt></ruby>しい<ruby>人<rt>ひと</rt></ruby>です。

　　　　1 たいにんしい　　2 ともしい　　　　3 おとなしい　　4 おどなしい

中譯 妻子是個體貼又溫順的人。

解析 本題答案為3，測驗考生對和語名詞「大人」同語源的「大人しい」的連想力。

（　）⑦ <ruby>梅雨<rt>つゆ</rt></ruby>が<ruby>明<rt>あ</rt></ruby>けたら、<ruby>暑<rt>あつ</rt></ruby>くなりますよ。

　　　　1 うめあめ　　　　2 つゆ　　　　　3 ばいあめ　　　4 つうゆう

中譯 梅雨季結束的話，就會變熱喔！

解析 本題答案為2，梅雨有「<ruby>梅雨<rt>つゆ</rt></ruby>」及「<ruby>梅雨<rt>ばいう</rt></ruby>」二種讀音。

（　）⑧ <ruby>彼<rt>かれ</rt></ruby>とは<ruby>慎重<rt>しんちょう</rt></ruby>に<ruby>結婚<rt>けっこん</rt></ruby>を<ruby>考<rt>かんが</rt></ruby>えています。

　　　　1 しんちょう　　2 じんちょう　　3 じんじゅう　　4 しんじゅう

中譯 我與男友慎重地考慮著結婚的事。

解析 本題答案為1，測驗考生對濁音及鼻音的熟悉度。

- -

問題2　____のことばを漢字で書くとき、最もよいものを、1・2・3・4 から一つ選びなさい。

（　）① これは<u>てま</u>がかかる<ruby>仕事<rt>しごと</rt></ruby>です。

　　　　1 <ruby>手前<rt>てまえ</rt></ruby>　　　2 <ruby>手間<rt>てま</rt></ruby>　　　3 <ruby>居間<rt>いま</rt></ruby>　　　4 <ruby>床屋<rt>とこや</rt></ruby>

中譯 這是很費工夫的工作。

解析 選項1「<ruby>手前<rt>てまえ</rt></ruby>」是「跟前」；選項2「<ruby>手間<rt>てま</rt></ruby>」是「費事的」；選項3「<ruby>居間<rt>いま</rt></ruby>」是「起居室」；選項4「<ruby>床屋<rt>とこや</rt></ruby>」是「理髮廳」，所以答案是2。

（　）② <ruby>昨日<rt>きのう</rt></ruby>、<ruby>駐車<rt>ちゅうしゃ</rt></ruby><u>いはん</u>で<ruby>警察<rt>けいさつ</rt></ruby>に<ruby>注意<rt>ちゅうい</rt></ruby>された。

　　　　1 <ruby>意反<rt>いはん</rt></ruby>　　　2 <ruby>異変<rt>いへん</rt></ruby>　　　3 <ruby>違半<rt>いはん</rt></ruby>　　　4 <ruby>違反<rt>いはん</rt></ruby>

中譯 昨天因為違規停車被警察盯上了。

解析 本題答案為4，測驗考生對漢語語彙的掌握。選項1、3是不存在的語彙；選項2「異変^{いへん}」是「顯著變化」之意；選項4「違反^{いはん}」是「違反規定」之意。

（　）③ 空^{そら}にかぞえきれない星^{ほし}がある。

　　　　1 数^{かぞ}え　　　　2 加^{くわ}え　　　　3 終^おえ　　　　4 抱^{かか}え

中譯 天空有數不清的星星。

解析 本題測驗考生對複合詞語彙的掌握。選項1「数^{かぞ}え」（數、計算）是動詞「数^{かぞ}える」的ます形；選項2「加^{くわ}え」（增加）是動詞「加^{くわ}える」的ます形；選項3「終^おえ」（做完、完畢）是動詞「終^おえる」的ます形；選項4「抱^{かか}え」（摟、懷抱）是動詞「抱^{かか}える」的ます形，所以答案是1。

（　）④ 時間^{じかん}をゆうこうに利用^{りよう}しなさい。

　　　　1 友好^{ゆうこう}　　　　2 有効^{ゆうこう}　　　　3 有功^{ゆうこう}　　　　4 優好

中譯 要有效地利用時間！

解析 本題答案為2。本題測驗考生對語彙意義的掌握。選項1、2、3的發音都是「ゆうこう」，選項4是不存在的語彙。

（　）⑤ 素直^{すなお}にあやまることは、そんなに難^{むずか}しいことですか。

　　　　1 謝^{あやま}る　　　　2 誤^{あやま}る　　　　3 感^{かんじ}る　　　　4 錯る

中譯 坦率地道歉真的那麼困難嗎？

解析 選項1「謝^{あやま}る」是「道歉、賠罪」；選項2「誤^{あやま}る」是「搞錯、弄錯」；選項3「感^{かん}じる」是「感覺到」；選項4是不存在的語彙，所以答案是1。

（　）⑥ この １年^{いちねん}で、ぶっかはどんどん上^あがっている。

　　　　1 物値　　　　2 物価^{ぶっか}　　　　3 価値^{かち}　　　　4 値段^{ねだん}

中譯 這一年來，物價不斷地上漲。

解析 選項1是不存在的語彙，選項2「物価^{ぶっか}」是「物價」；選項3「価値^{かち}」是「價值」；選項4「値段^{ねだん}」是「價格」，所以答案是2。

問題3 （　　）に入れるのに最もよいものを、1・2・3・4から一つ
　　　　選びなさい。

（　）① 妹は遠足が中止になって、（　　）している。

　　　　　1 がっかり　　　　2 めっきり　　　3 そっくり　　　4 びっくり

中譯 妹妹因為遠足取消而很失望。

解析 本題答案為1。選項1「がっかり」是「失望」；選項2「めっきり」是「明
　　　顯」；選項3「そっくり」是「相似」；選項4「びっくり」是「驚嚇」。

（　）② その（　　）は直したほうがいいと思います。

　　　　　1 欠陥　　　　　2 欠点　　　　　3 欠勤　　　　　4 欠席

中譯 我想那個缺點還是改掉比較好。

解析 選項1「欠陥」是「缺陷」；選項2「欠点」是「缺點」；選項3「欠勤」是
　　　「缺勤、請假」；選項4「欠席」是「缺席」，所以答案是2。

（　）③ 学校で習ったことを（　　）、仕事したいです。

　　　　　1 おいて　　　　2 だした　　　3 いかして　　　4 かえて

中譯 想從事能活用在學校所學的工作。

解析 選項1「置く」是「放置」之意；選項2「出す」是「提出」之意；選項3「生
　　　かす」是「活用」之意；選項4「代える」是「轉換」之意，所以答案是3。

（　）④ 子供なのに、（　　）なことを言うな。

　　　　　1 生意気　　　　2 浮気　　　　　3 気軽　　　　　4 気兼ね

中譯 明明是小孩，不准傲慢無理。

解析 選項1「生意気」是「傲慢的」；選項2「浮気」是「見異思遷的」；選項3
　　　「気軽」是「輕鬆的」；選項4「気兼ね」是「顧忌、客氣」，所以答案是1。

（　）⑤ 最近は健康志向で、シー（　　）が流行している。

　　　　　1 パン　　　　　2 チーズ　　　　3 メニュー　　　4 フード

中譯 最近因為健康取向，所以海鮮食物很流行。

解析 選項1「パン」是「麵包」；選項2「チーズ」是「乳酪」；選項3「メニュー」是「菜單」；選項4「フード」是「食物」，所以答案是4。

問題4　＿＿＿に意味が最も近いものを、1・2・3・4から一つ選びなさい。

（　）① 娘はなかなか料理が上手になってきた。

　　　　1 かなり　　　　　2 すこし　　　　3 だいたい　　　　4 やっと

中譯 女兒烹飪變得很拿手。

解析 選項1「かなり」是「很、非常」；選項2「すこし」是「很少、一些」；選項3「だいたい」是「大致上」；選項4「やっと」是「好不容易」，所以答案是1。

（　）② 一日中ずっと働いていたから、本当にくたびれた。

　　　　1 暇だった　　　　2 残念だった　　　3 丈夫でした　　4 疲れた

中譯 一整天一直工作，真的很疲累。

解析 選項1「暇」是「閒暇的」；選項2「残念」是「遺憾的」；選項3「丈夫」是「健康的」；選項4「疲れる」是「疲累」，所以答案是4。

（　）③ 昨日のパーティーには、やく50人ぐらいが参加しました。

　　　　1 きっと　　　　　2 おそらく　　　3 おおよそ　　　4 ほとんど

中譯 昨天的宴會大約有五十人左右參加了。

解析 選項1「きっと」是「一定」；選項2「おそらく」是「恐怕、也許」；選項3「おおよそ」是「大約、差不多」；選項4「ほとんど」是「幾乎」，所以答案是3。

（　）④ 社長はもうこのレポートをご覧になりましたか。

　　　　1 もらいました　　2 つけました　　3 直しました　　4 見ました

中譯 社長已經看過這份報告了嗎？

解析 選項1「もらう」是「得到」；選項2「つける」是「安裝」；選項3「直る」是「修改」；選項4「見る」是「看」，「ご覧になる」是「見る」的尊敬語法，所以答案是4。

（　）⑤ 浅田真央選手の演技は本当にすばらしかったです。

　　　1 めずらしかった　　　　　　　2 たいへんでした
　　　3 見事だった　　　　　　　　　4 おもしろかった

中譯 淺田真央選手的表演真是太優秀了！

解析 選項1「珍しい」是「稀少的、珍貴的」；選項2「たいへん」是「辛苦的」；選項3「見事」是「出色的」；選項4「面白い」是「有趣的」，所以答案是3。

問題5　つぎのことばの使い方として最もよいものを、1・2・3・4から一つ選びなさい。

（　）① 削除（刪掉、勾銷）
　　　1 人員を削除して、コストを減らそう。
　　　2 いらない内容を削除して、書き直した。
　　　3 手間を削除して、時間を短くした。
　　　4 悩みが削除して、ほっとした。

中譯 刪除不要的內容，重寫了。

解析 本題答案是2。選項1應該改為「人員を削減して、コストを減らそう」（削減人員，降低成本吧）；選項3應該改為「手間を省いて、時間を節約した」（省略費事的地方，節省時間了）；選項4應該改為「悩みが解決して、ほっとした」是（煩惱解決，終於放心了）。

（　）② うろうろ（徘徊狀）
　　　1 うろうろしないで、はやく食べなさい。
　　　2 わたしはうれしくて、心がうろうろしている。

3 怪しい<ruby>男<rt>おとこ</rt></ruby>が<ruby>家<rt>いえ</rt></ruby>の<ruby>前<rt>まえ</rt></ruby>を<u>うろうろ</u>している。

4 <ruby>警察<rt>けいさつ</rt></ruby>が<ruby>町中<rt>まちじゅう</rt></ruby>を<u>うろうろ</u>している。

中譯 可疑的男子在家門前徘徊著。

解析 本題答案是3。選項1應該改為「<u>のろのろ</u>しないで、はやく<ruby>食<rt>た</rt></ruby>べなさい」（不要拖拖拉拉地，趕快吃）；選項2應該改為「わたしはうれしくて、<ruby>心<rt>こころ</rt></ruby>が<u>わくわく</u>している」（我高興地心情無法平靜）；選項4應該改為「<ruby>警察<rt>けいさつ</rt></ruby>が<ruby>町中<rt>まちじゅう</rt></ruby>を<u>あちこち</u><ruby>回<rt>まわ</rt></ruby>っている」（警察在街上來回巡邏著）。

( )③ <ruby>従<rt>したが</rt></ruby>う（跟隨、遵從）

1 <ruby>日本<rt>にほん</rt></ruby>へ<ruby>行<rt>い</rt></ruby>ったら、<ruby>日本人<rt>にほんじん</rt></ruby>のルールに<u><ruby>従<rt>したが</rt></ruby>う</u>べきだ。

2 <ruby>結婚<rt>けっこん</rt></ruby>したら、<ruby>夫<rt>おっと</rt></ruby>の<ruby>姓<rt>せい</rt></ruby>に<u><ruby>従<rt>したが</rt></ruby>う</u>つもりだ。

3 <ruby>医者<rt>いしゃ</rt></ruby>になったのは、<ruby>考<rt>かんが</rt></ruby>えに<u><ruby>従<rt>したが</rt></ruby>う</u><ruby>結果<rt>けっか</rt></ruby>だ。

4 <ruby>日本<rt>にほん</rt></ruby>に<u><ruby>従<rt>したが</rt></ruby>う</u>、<ruby>友人<rt>ゆうじん</rt></ruby>が<ruby>来<rt>き</rt></ruby>ました。

中譯 如果去日本的話，就應該遵從日本人的規矩。

解析 本題答案為1。選項2應該改為「<ruby>結婚<rt>けっこん</rt></ruby>したら、<ruby>夫<rt>おっと</rt></ruby>の<ruby>姓<rt>せい</rt></ruby>に<u>つく</u>つもりだ」（如果結婚的話，我打算從夫姓）；選項3應該改為「<ruby>医者<rt>いしゃ</rt></ruby>になったのは、<u>よく</u><ruby>考<rt>かんが</rt></ruby>えた<ruby>結果<rt>けっか</rt></ruby>だ」（會當醫生，是深慮後的結果）；選項4應該改為「<ruby>日本<rt>にほん</rt></ruby><u>から</u>、<ruby>友人<rt>ゆうじん</rt></ruby>が<ruby>来<rt>き</rt></ruby>ました」（有朋友自日本來了）。

( )④ ほしがる（想要～）

1 わたしは<ruby>車<rt>くるま</rt></ruby>を<u>ほしがる</u>。

2 マラソンの<ruby>後<rt>あと</rt></ruby>は、<ruby>誰<rt>だれ</rt></ruby>もが<ruby>水<rt>みず</rt></ruby>を<u>ほしがる</u>。

3 あなたが<u>ほしがる</u>ものは<ruby>何<rt>なん</rt></ruby>ですか。

4 あなたに<u>ほしがる</u>パソコンを<ruby>買<rt>か</rt></ruby>ってあげよう。

中譯 跑完馬拉松之後，不管是誰都會想喝水。

解析 本題答案為2。描述第三人稱的情感時以「イ形容詞去い＋がる」來表示。所以選項1應該改為「わたしは<ruby>車<rt>くるま</rt></ruby>が<u>ほしい</u>です」（我想要車子）；選項3應該改為「あなたが<u>ほしい</u>ものは<ruby>何<rt>なん</rt></ruby>ですか」（你想要的東西是什麼）；選項4應該改為「あなたが<u>ほしい</u>パソコンを<ruby>買<rt>か</rt></ruby>ってあげよう」（你想要的電腦我買給你吧）。

（　）⑤ かわいそう（可憐的）

1 わあ、<u>かわいそう</u>ですね。わたしにください。
2 色白（いろじろ）で<u>かわいそう</u>な赤（あか）ちゃんですね。
3 子供（こども）を<u>かわいそう</u>な親（おや）は大勢（おおぜい）いる。
4 <u>かわいそう</u>な人（ひと）を助（たす）けてあげたい。

中譯 想幫助可憐的人。

解析 本題答案為4。選項1應該改為「わあ、<u>かわいい</u>ですね。わたしにください」
（哇～好可愛喔！給我吧）；選項2應該改為「色白（いろじろ）で<u>かわいい</u>赤（あか）ちゃんですね」
（皮膚白皙又可愛的嬰兒）；選項3應該改為「子供（こども）を<u>かわいがる</u>親（おや）は大勢（おおぜい）いる」
（溺愛小孩的父母很多）。

問題6　つぎの文の（　　）に入れるのに最もよいものを、1・2・3・4 から一つ選びなさい。

（　）① 子供（こども）の期待（きたい）（　　）、今晩（こんばん）はピザにしましょう。
　　　　1 に応（こた）えて　　　2 において　　　3 について　　　4 に対（たい）して

中譯 回應小孩的期待，今晚吃披薩吧！

解析 選項1「に応（こた）えて」是「回應～」；選項2「において」是「在～場合」；選項3「について」是「關於～」；選項4「に対（たい）して」是「對於～」，所以答案是1。

（　）② 今日（きょう）、テキストを忘（わす）れて来（き）たので、先生（せんせい）のを使（つか）わせて（　　）。
　　　　1 くれた　　　　　2 さしあげた　　　3 いただいた　　4 やった

中譯 今天因為忘了帶教科書，所以老師讓我用了他的。

解析 選項1「くれる」是「～人給我」；選項2「さしあげる」是「給～人」，是「あげる」的尊敬表現；選項3「いただく」是「得到」，是「もらう」的謙讓表現；選項4「やる」是「做～」，是「する」的不含禮貌的表現，所以答案是3。

（　）③ 最近（さいきん）は忙（いそが）しくて、映画（えいが）を見（み）る暇（ひま）（　　）ない。
　　　　1 では　　　　　2 さえ　　　　　3 だけ　　　　　4 のみ

214

中譯 最近忙得甚至連看電影的時間都沒有。

解析 選項1「では」是「那麼～」；選項2「さえ」是「甚至～」；選項3「だけ」是「只有～、盡可能～」；選項4「のみ」是「只有～」，所以答案是2。

（　）④ コンビニは年中（　　　）、営業しています。
　　　1 休みない　　　　2 休まず　　　　3 休まなくて　　　4 休むな

中譯 便利商店一整年都不休息營業著。

解析 本題考「～ず」這個句型，「動詞ない形＋ず」是「沒有～」的意思，作為強調之用。選項4「休むな」是命令的禁止句型，是「不准～」的意思，所以答案是2。

（　）⑤ わたしは兄にジュースを買いに（　　　）。
　　　1 行かせられた　　2 行かれた　　　3 行かせた　　　4 行けた

中譯 我被哥哥叫去買果汁。

解析 本題考「行く」這個語彙的使役被動句型，使役被動句型以「動詞ない形＋せられる」表示，所以答案是1。

問題7 つぎの文の　★　に入る最もよいものを、1・2・3・4から一つ選びなさい。

（　）① たった5歳で　＿＿＿　＿＿＿　＿＿＿　★　信じられない。
　　　1 上手に　　　　2 こんな　　　　3 なんて　　　　4 歌う
　→ たった5歳で こんな 上手に 歌う なんて 信じられない。

中譯 僅僅五歲就能唱得這麼好，真是令人無法相信。

解析 本題考「なんて」的強調表現，所以答案是3。

（　）② パソコンは若者　★　＿＿＿　＿＿＿　＿＿＿　だ。
　　　1 もの　　　　2 にとって　　　　3 ならない　　　　4 なくては
　→ パソコンは若者 にとって なくては ならない もの だ。

中譯 個人電腦對年輕人來說是不可或缺的東西。

解析 本題考「にとって」這個句型，意思是「對～而言」，所以答案是2。

（　）③ 料理を作る ＿＿＿ ＿★＿ ＿＿＿ ＿＿＿ が、最近は暇がないので外食ばかりだ。

　　　1 じゃない　　　　2 の　　　　　3 苦手　　　　4 は

→ 料理を作る の は 苦手 じゃない が、最近は暇がないので外食ばかりだ。

中譯 我並非不擅長做菜，只是最近因為沒時間所以總是外食。

解析 以「の」代替名詞「こと」，所以是「名詞はナ形じゃありません」的句型，答案是4。

（　）④ これを上 ＿＿＿ ＿＿＿ ＿★＿ ＿＿ おいてください。

　　　1 3段目の　　　2 ところに　　　3 棚の　　　　4 から

→ これを上 から 3段目の 棚の ところに おいてください。

中譯 請把這個放在從上面數來第三層的架上。

解析 「おいて」是動詞「置く」（放置）的變化，因此前面必然出現位置的語彙及表示位置的助詞「ところに」，而「の」是作為名詞的接續助詞，因此「3段目の」、「棚の」這二個語彙必須連接在一起使用，所以「から」這個語彙就必須置於前方，答案是3。

（　）⑤ A「先生、今から頑張れば、日本語能力試験に合格できるでしょうか」

　　　B「あなたの努力次第ですよ。 ＿＿＿ ＿★＿ ＿＿＿ ＿＿＿ どうですか」

　　　1 だけ　　　　2 やって　　　　3 やれる　　　4 みたら

→ 「あなたの努力次第ですよ。やれる だけ やって みたら どうですか」

中譯 A「老師，如果我現在開始努力的話，日本語能力測驗能夠合格嗎？」
　　 B「那就要看你的努力了！盡量做看看吧！」

解析 「次第」是「全憑～、要看～」的意思，「だけ」在此處是表示「程度」的用法，「動詞て形＋みます」是「嘗試做～」的意思，所以答案是1。

問題8　つぎの文章を読んで、①から⑤の中に入る最もよいものを、
　　　　1・2・3・4から一つ選びなさい。

「勉強しろ！」という言葉

……（略）

　「小学生の時、お母さんから『勉強しろ！』と言われた人？」

　これは全員が手を挙げました。＿＿①＿＿百％というわけです。小学生の時は皆言われるんだなと思いました。日本中のお母さんは、我が子が小学生の時は1人残らず誰でも「勉強しろ！」と言われることを知り、今さらながら驚いてしまいます。……（略）

　「『勉強しろ！』と言われた＿＿②＿＿不愉快になり、『勉強など、いやだなあ！』と思った人？」

　これは「はあい！」と言いながら、両手を挙げて全員が立ち上がってしまったからです。……（略）

　「勉強しろ」という言葉＿＿③＿＿、子供の勉強に有害であるものはないということをこの統計から＿＿④＿＿と感じるのですが、世のお母さん方は逆に、この言葉を言わずに＿＿⑤＿＿のですから困ります。

（光永貞夫『勉強好きにするには』による）

「去唸書！」這句話

……（略）

「小學生的時候，曾經被媽媽叫『去唸書！』的人？」

這個問題所有的人都舉手了。也就是百分之百。我想應該是唸小學的時候每個人都被要求過吧！當我知道日本全國的母親，對每一個唸小學的小孩都說過「去唸書！」這件事，至今仍非常驚訝。

……（略）

「當被說道『去唸書！』時，就變得不愉快，『唸書等，真是讓人厭煩呀！』會這麼想的人？」

對這個問題，全部的人一邊回答「我！」、一邊舉起雙手，站了起來。……（略）

從這個統計中，我深深地覺得，沒有比「去唸書！」這句話對小孩的學習更具傷害，但是現在的媽媽們，反而好像是非說這句話不可，真是令人傷腦筋呀！

（摘自光永貞夫『如何變得喜好學習』）

（　）① 1 たとえ　　　　2 それで　　　　3 つまり　　　　4 ゆえに

解析 選項1「たとえ」是「比喻」；選項2「それで」是「因此」；選項3「つまり」
是「也就是」；選項4「ゆえに」是「因此」；所以答案是3。

（　）② 1 とたんに　　　2 だけに　　　3 場合に　　　　4 まま

解析 選項1「とたんに」是「剛～就～」；選項2「だけに」是「就只是～」；選項
3「場合に」是「～的場合」；選項4「まま」是「照舊～、原封不動」；所以
答案是1。

（　）③ 1 より　　　　　2 さえ　　　　　3 いわゆる　　　4 ほど

解析 選項1「より」是比較表現「～比」；選項2「さえ」是強調表現「甚至～」；
選項3「いわゆる」是「也就是」；選項4「ほど」（比～），也是比較表現，
但是後續的句子以否定句型出現，所以答案是4。

（　）④ 1 しとしと　　　2 しみじみ　　　3 のろのろ　　　　4 せいぜい

解析 選項1「しとしと」是「潮濕」；選項2「しみじみ」是「深切地」；選項3
「のろのろ」是「慢吞吞地」；選項4「せいぜい」是「充其量」，所以答案是
2。

（　）⑤ 1 いられない　　2 いない　　　　3 おかない　　　　4 できない

解析 選項1「いられない」是「無法～」；選項2「いない」是「不在」；選項3
「置く」是「放置」；選項4「できる」是「可以～」，所以答案是1。

模擬試題第二回

問題1 ＿＿＿のことばの読み方として最もよいものを、1・2・3・4
から一つ選びなさい。

（　）① 村上春樹は近代日本で優れた作家の1人です。
　　　　1 ゆうれた　　　2 やさしれた　3 すぐれた　　　4 かくれた

（　）② この絵本は小さい子供を対象として書かれたものだ。
　　　　1 たいしょう　2 だいしょう　3 たいぞう　　　4 つうしょう

（　）③ 日本では、ひな祭りのとき、ひな人形を飾ります。
　　　　1 しいり　　　　2 かざり　　　　3 がさり　　　　4 せいり

（　）④ 地球の環境問題は、ますます悪化している。
　　　　1 かんけい　　　2 かんぎょう　3 がんけい　　　4 かんきょう

（　）⑤ 昨日は退屈な1日でした。
　　　　1 たいせつ　　　2 だいくつ　　　3 たいくつ　　　4 ていくつ

（　）⑥ このかばんはデザインもいいし、値段も手頃だし、買わないと
　　　　後悔するでしょう。
　　　　1 てごろ　　　　2 しゅころ　　　3 てころ　　　　4 しゅごろ

（　）⑦ 何だか臭い匂いがしませんか。
　　　　1 こさい　　　　2 くさい　　　　3 あさい　　　　4 にがい

（　）⑧ 彼女はピアノがとても上手ですね。羨ましいです。
　　　　1 たのもしい　　2 くましい　　　3 うらやましい4 きざましい

問題2 ＿＿のことばを漢字で書くとき、最もよいものを、1・2・3・4
から一つ選びなさい。

（　）① 病気の友達をみまいに行った。

　　　1 見舞　　　　2 見迷　　　　3 味迷　　　　4 見送

（　）② わたしは日本の「NHK のどじまん」という番組が好きです。

　　　1 自満　　　　2 自慢　　　　3 白満　　　　4 目慢

（　）③ どうぞ、さめないうちに食べてください。

　　　1 冷たい　　　2 覚めない　　3 冷めない　　4 氷めない

（　）④ 彼女はふあんな気持ちが顔に表れている。

　　　1 不安　　　　2 怖安　　　　3 無安　　　　4 木安

（　）⑤ 今度のことで彼をみなおした。

　　　1 診直した　　2 観治した　　3 観直した　　4 見直した

（　）⑥ 日本はすでにこうれいか社会になっています。

　　　1 高齢化　　　2 高年化　　　3 老年化　　　4 老齢化

問題3 （　　）に入れるのに最もよいものを、1・2・3・4から一つ
選びなさい。

（　）① そのワンピースはあなたに（　　）ですね。

　　　1 ぱったり　　2 すっかり　　3 ぴったり　　4 こっそり

（　）② いつも月末は金（　　）で、困っています。

　　　1 不満　　　　2 不足　　　　3 不平　　　　4 不利

（　）③ 昨日、子供を（　　）動物園へ行きました。

    1 持って　　　　2 入れて　　　　3 連れて　　　　4 携帯して

（　）④ わたしは（　　）強いですから、痛くても泣きません。

    1 自慢　　　　2 我慢　　　　3 怪我　　　　4 自己

（　）⑤ 今年から日本語能力試験は、N1 から N5 まで 5 つの（　　）に
分けられることになった。

    1 バランス　　2 レンズ　　　3 サイズ　　　4 レベル

問題4　＿＿に意味が最も近いものを、1・2・3・4から一つ 選びなさい。

（　）① 急に子供が飛び出してきて、びっくりした。

    1 いきなり　　2 当然　　　　3 いつか　　　4 いっせいに

（　）② 社長の許しを得て、早く家へ帰りました。

    1 くれて　　　2 もらって　　3 あげて　　　4 借りて

（　）③ 料理はたくさんありますから、どうぞゆっくり召し上がって
ください。

    1 つまり　　　2 さっぱり　　3 たっぷり　　4 すっきり

（　）④ これは先生からいただいた辞書です。

    1 くれた　　　2 もらった　　3 あげた　　　4 さしあげた

（　）⑤ 彼はゲームに熱中している。

    1 夢中　　　　2 最中　　　　3 心中　　　　4 集中

問題5 つぎのことばの使い方として最もよいものを、1・2・3・4
　　　　から一つ選びなさい。

（　）① 調子

　　　1 この曲の調子はあまり知らない。

　　　2 彼女の歌の調子はとても上手です。

　　　3 体の調子があまりよくないです。

　　　4 これは誰もがよく用いる調子です。

（　）② くれぐれも

　　　1 くれぐれもどうぞ食べてください。

　　　2 くれぐれも遊びに来てください。

　　　3 くれぐれも貸してください。

　　　4 くれぐれもご両親によろしくお伝えください。

（　）③ 生じる

　　　1 事故は彼の不注意から生じた。

　　　2 妹は来月赤ちゃんが生じる予定です。

　　　3 音楽を聞いていると、いい気持ちが生じる。

　　　4 春になると、きれいな花が生じる。

（　）④ 売り切れる

　　　1 そのパン屋はいつも閉店前に売り切れてしまう。

　　　2 安く売り切れることができますか。

　　　3 今書いてある本の売り切れる期限は5月10日です。

　　　4 それはもう売り切れた話題だ。

（　）⑤ 気の毒

  1 今日は何も食べなくて、本当に<u>気の毒</u>です。

  2 わたしは<u>気の毒</u>に風邪を引いてしまった。

  3 家の息子は毎日遅くまで勉強して、本当に<u>気の毒</u>です。

  4 あの若さで亡くなるなんて、<u>気の毒</u>だ。

問題6　つぎの文の（　　）に入れるのに最もよいものを、1・2・3・4 から一つ選びなさい。

（　）① 美和さんは交換留学生（　　）元気大学で勉強しています。

  1 にとって　　　2 として　　　　3 にそって　　4 にしたら

（　）② 試合の（　　）に大雨が降り出し、中止になりました。

  1 うち　　　　　2 あいだ　　　　3 最中　　　　　4 ながら

（　）③ A「携帯電話の電池が切れてしまったので、（　　）ませんか」

  B「ええ、いいですよ。どうぞ」

  1 貸してもらえ　　　　　　　2 貸してあげ

  3 貸してもらい　　　　　　　4 貸してやり

（　）④ 最近は、環境問題（　　）関心を持つ人がかなり増えている。

  1 について　　　2 にとって　　3 に対して　　4 に関して

（　）⑤ この食べ（　　）のカップラーメンは誰のですか。

  1 つつ　　　　　2 かけ　　　　　3 ながら　　　　4 かね

問題7 つぎの文の ＿★＿ に入る最もよいものを、1・2・3・4から

一つ選びなさい。

（　）① 彼女 ＿★＿ ＿＿＿ ＿＿＿ ＿＿＿ だろう。

1 きれいな　　2 ほど　　　　3 ひとは　　　4 いない

（　）② 昨日 ＿＿＿ ＿＿＿ ＿＿＿ ＿★＿ カメラは日本製だ。

1 買った　　　2 3万元　　　3 で　　　　　4 ばかりの

（　）③ アメリカのアップル社 ＿＿＿ ＿＿＿ ＿★＿ ＿＿＿

尊敬される企業に選ばれた。

1 で　　　　　2 世界　　　　3 最も　　　　4 が

（　）④ 渋滞するかもしれないから、＿＿＿ ＿＿＿ ＿★＿ ＿＿＿

よ。

1 出た　　　　2 いい　　　　3 早めに　　　4 ほうが

（　）⑤ A「顔色が悪い ＿＿＿ ＿＿＿ ＿＿＿ ＿★＿ 」

B「お腹が痛いんです」

1 の　　　　　2 した　　　　3 けど　　　　4 どう

問題8　つぎの文章を読んで、①から⑤の中に入る最もよいものを、1・2・3・4から一つ選びなさい。

老_おいの兆_{きざ}し

　年をとる　①　、身辺に不愉快_{ふゆかい}な出来事が多くなります。遠大な計画_{けいかく}を立てるなどと言うことはだんだん　②　、手近な目標_{めざ}を目指すようになります。若い頃のように、おおらかに自分の夢　③　語_{かた}ることは、もうできません。はっきり言えば、最近のわたしの目標は、家族_{かぞく}のために　④　ことをするということです――ほぼそれに尽_つきています。　⑤　家族の者たちに、よい環境の中で快適_{かいてき}な生活をさせることです。わたしが近頃最_{もっと}もよく考えるのはこのことです。

（D・W・プラース著　杉野目康子・井上俊訳『日本人の生き方』による）

（　）①　1　ながら　　　　2　において　　　3　につれて　　　4　に関して

（　）②　1　少なくなり　　2　多くなり　　　3　近くなり　　　4　遠くなり

（　）③　1　において　　　2　について　　　3　として　　　　4　にとって

（　）④　1　してはいけない　　　　　　2　してもいい
　　　　　3　できるだけの　　　　　　4　したほうがいい

（　）⑤　1　だから　　　　2　ゆえに　　　　3　それに　　　　4　つまり

模擬試題第二回　解答

問題1　① 3　② 1　③ 2　④ 4　⑤ 3
　　　　　⑥ 1　⑦ 2　⑧ 3

問題2　① 1　② 2　③ 3　④ 1　⑤ 4
　　　　　⑥ 1

問題3　① 3　② 2　③ 3　④ 2　⑤ 4

問題4　① 1　② 2　③ 3　④ 2　⑤ 1

問題5　① 3　② 4　③ 1　④ 1　⑤ 4

問題6　① 2　② 3　③ 1　④ 3　⑤ 2

問題7　① 2　② 4　③ 1　④ 4　⑤ 1

問題8　① 3　② 1　③ 2　④ 3　⑤ 4

模擬試題第二回　中譯及解析

問題1　＿＿＿のことばの読み方として最もよいものを、1・2・3・4

から一つ選びなさい。

（　）① 村上春樹は近代日本で優れた作家の１人です。

　　　　1 ゆうれた　　　　2 やさしれた　　3 すぐれた　　　4 かくれた

中譯 村上春樹是日本近代優秀作家之一。

解析 選項1、2是不存在的語彙；選項3「優れる」是「優秀、優異」的意思；選項4「隠れる」是「隱藏」的意思，所以答案是3。

（　）② この絵本は小さい子供を対象として書かれたものだ。

　　　　1 たいしょう　　　2 だいしょう　　3 たいぞう　　　4 つうしょう

中譯 這本繪本是以小孩為對象所寫的。

解析 本題答案為1。測驗考生對清音及長音的掌握。

（　）③ 日本では、ひな祭りのとき、ひな人形を飾ります。

　　　　1 しいり　　　　2 かざり　　　　3 がさり　　　　4 せいり

中譯 在日本，女兒節的時候，會擺飾和服人偶。

解析 本題答案為2。選項1、3、4是不存在的語彙，選項2「飾る」是「擺飾」的意思。

（　）④ 地球の環境問題は、ますます悪化している。

　　　　1 かんけい　　　　2 かんぎょう　　3 がんけい　　　4 かんきょう

中譯 地球的環境問題愈來愈惡化。

解析 選項1「関係」是「關係」的發音；選項2、3是不存在的語彙，所以答案是4。

（　）⑤ 昨日は退屈な１日でした。

　　　　　1 たいせつ　　　　　2 だいくつ　　　　3 たいくつ　　　　4 ていくつ

中譯 昨天是無聊的一天。

解析 本題答案為3。選項1「大切」是「重要」的意思，本題測驗考生對「退」漢字發音的掌握。

（　）⑥ このかばんはデザインもいいし、値段も手頃だし、買わないと後悔するでしょう。

　　　　　1 てごろ　　　　　2 しゅころ　　　　3 てころ　　　　4 しゅごろ

中譯 這個皮包的設計很好，價格也不貴，如果不買的話會後悔吧！

解析 本題答案為1。「手」的發音有二種，通常以「手」接續漢語，例如：「手腕」（技巧），以「手」接續和語，例如：「手作り」（手工製）。

（　）⑦ 何だか臭い匂いがしませんか。

　　　　　1 こさい　　　　　2 くさい　　　　3 あさい　　　　4 にがい

中譯 有聞到很臭的味道嗎？

解析 本題答案為2。選項1是不存在的語彙；選項2「臭い」是「臭的」；選項3「浅い」是「淺的」；選項4「苦い」是「苦的」。

（　）⑧ 彼女はピアノがとても上手ですね。羨ましいです。

　　　　　1 たのもしい　　　2 くましい　　　3 うらやましい　4 きざましい

中譯 她鋼琴彈得很棒呢！真令人羨慕。

解析 本題答案為3。選項1「頼もしい」是「可靠的」；選項3「羨ましい」是「羨慕的」；選項2、4是不存在的語彙。

問題2 ＿＿＿のことばを漢字で書くとき、最もよいものを、1・2・3・4から一つ選びなさい。

（　　）① 病気の友達を<ruby>見舞<rt>みまい</rt></ruby>に<ruby>行<rt>い</rt></ruby>った。

　　　　　1 <ruby>見舞<rt>み まい</rt></ruby>　　　　　2 見迷　　　　　3 味迷　　　　　4 <ruby>見送<rt>み おくり</rt></ruby>

中譯　去探視生病的朋友了。

解析　選項1「<ruby>見舞<rt>み まい</rt></ruby>」是「探視、慰問」的意思；選項2、3是不存在的語彙；選項4「<ruby>見送<rt>み おくり</rt></ruby>」是「送行」，所以答案是1。

（　　）② わたしは<ruby>日本<rt>に ほん</rt></ruby>の「<ruby>ＮＨＫ<rt>エヌエイチケー</rt></ruby> のど<ruby>じまん<rt></rt></ruby>」という<ruby>番組<rt>ばんぐみ</rt></ruby>が<ruby>好<rt>す</rt></ruby>きです。

　　　　　1 自満　　　　　2 <ruby>自慢<rt>じ まん</rt></ruby>　　　　　3 白満　　　　　4 目慢

中譯　我很喜歡日本的「NHK歌唱比賽」節目。

解析　本題答案為2。選項2「<ruby>自慢<rt>じ まん</rt></ruby>」是「自信、自豪」的意思；「<ruby>満<rt>まん</rt></ruby>」與「<ruby>慢<rt>まん</rt></ruby>」的發音相同，但是選項1、3、4都是日語中不存在的語彙。

（　　）③どうぞ、<u>さめない</u>うちに<ruby>食<rt>た</rt></ruby>べてください。

　　　　　1 <ruby>冷<rt>つめ</rt></ruby>たい　　　　　2 <ruby>覚<rt>さ</rt></ruby>めない　　　3 <ruby>冷<rt>さ</rt></ruby>めない　　　　4 氷めない

中譯　請趁熱吃。

解析　選項1「<ruby>冷<rt>つめ</rt></ruby>たい」是イ形容詞「冰涼的」的意思；選項2「<ruby>覚<rt>さ</rt></ruby>める」是「醒、覺醒」的意思；選項3「<ruby>冷<rt>さ</rt></ruby>める」是「涼、降溫」的意思；選項4是不存在的語彙，所以答案是3。

（　　）④ <ruby>彼女<rt>かのじょ</rt></ruby>は<u>ふあん</u>な<ruby>気持<rt>き も</rt></ruby>ちが<ruby>顔<rt>かお</rt></ruby>に<ruby>表<rt>あらわ</rt></ruby>れている。

　　　　　1 <ruby>不安<rt>ふ あん</rt></ruby>　　　　　2 怖安　　　　　3 無安　　　　　4 木安

中譯　她面露出不安的神情。

解析　本題答案為1。測驗考生對「不」漢字的熟悉度。

（　）⑤ 今度のことで彼を<u>みなおした</u>。

   1 診直した   2 観治した   3 観直した   4 見直した

中譯 這次的事情讓我對他刮目相看了。

解析 本題答案為4。「見直す」是複合動詞，是「見る」（看）與「直す」（修改、修理）二個語彙的組合。其他三個都是不存在的語彙。

（　）⑥ 日本はすでに<u>こうれいか</u>社会になっています。

   1 高齢化   2 高年化   3 老年化   4 老齢化

中譯 日本已經成為高齡化社會。

解析 本題答案為1。選項1「高齢化」是「高齢化」；選項2是不存在的語彙；選項3「老年化」是「老年化」；選項4「老齢化」是「老齢化」。

問題3 （　　）に入れるのに最もよいものを、1・2・3・4から一つ選びなさい。

（　）① そのワンピースはあなたに（　　）ですね。

   1 ぱったり   2 すっかり   3 ぴったり   4 こっそり

中譯 那件洋裝很適合妳喔！

解析 選項1「ぱったり」是「突然相遇、突然停止」；選項2「すっかり」是「完全地」；選項3「ぴったり」是「合適地」；選項4「こっそり」是「偷偷地」，所以答案是3。

（　）② いつも月末は金（　　）で、困っています。

   1 不満   2 不足   3 不平   4 不利

中譯 總是因月底錢不夠用而困擾。

解析 選項1「不満」是「不滿意」；選項2「不足」是「不足、缺少」；選項3「不平」是「不滿、牢騷」；選項4「不利」是「不利」，所以答案是2。

（　）③ 昨日、子供を（　　）動物園へ行きました。

　　　　1 持って　　　　　　2 入れて　　　　　　3 連れて　　　　　　4 携帯して

中譯 昨天帶小孩去了動物園。

解析 選項1「持つ」是「帶、拿（物）」；選項2「入れる」是「放入」；選項3「連れる」是「帶（人或動物）」；選項4「携帯する」是「攜帶」，所以答案是3。

（　）④ わたしは（　　）強いですから、痛くても泣きません。

　　　　1 自慢　　　　　　　2 我慢　　　　　　　3 怪我　　　　　　　4 自己

中譯 我忍耐力很強，所以即使很痛也不哭泣。

解析 選項1「自慢」是「自豪」；選項2「我慢」是「忍耐」；選項3「怪我」是「受傷」；選項4「自己」是「自己」，所以答案是2。

（　）⑤ 今年から日本語能力試験は、N1からN5まで5つの（　　）に分けられることになった。

　　　　1 バランス　　　　2 レンズ　　　　　3 サイズ　　　　　4 レベル

中譯 今年開始日本語能力測驗分成N1到N5五個級數。

解析 選項1「バランス」是「平衡」；選項2「レンズ」是「鏡頭」；選項3「サイズ」是「尺寸」；選項4「レベル」是「水準、等級」，所以答案是4。

- -

問題4　＿＿＿に意味が最も近いものを、1・2・3・4から一つ選びなさい。

（　）① 急に子供が飛び出してきて、びっくりした。

　　　　1 いきなり　　　　2 当然　　　　　　3 いつか　　　　　　4 いっせいに

中譯 因為小孩突然跑了出來，所以嚇了一跳。

解析 選項1「いきなり」是「突然地」；選項2「当然」是「當然」；選項3「いつか」是「遲早、曾經」；選項4「いっせいに」是「一齊」，所以答案是1。

（　）② 社長の許しを<u>得て</u>、早く家へ帰りました。

　　　　1 くれて　　　　　2 もらって　　　3 あげて　　　　4 借りて

中譯 得到社長的許可，早點回家了。

解析 選項1「くれる」是「〜人給我」；選項2「もらう」是「從〜人得到」；選項3「あげる」是「給〜人」；選項4「借りる」是「借入〜」，所以答案是2。

（　）③ 料理は<u>たくさん</u>ありますから、どうぞゆっくり召し上がってください。

　　　　1 つまり　　　　　2 さっぱり　　　3 たっぷり　　　4 すっきり

中譯 有很多菜，所以請慢慢地享用。

解析 選項1「つまり」是「也就是〜」；選項2「さっぱり」是「一點也不〜」；選項3「たっぷり」是「充足地」；選項4「すっきり」是「舒暢地」，所以答案是3。

（　）④ これは先生から<u>いただいた</u>辞書です。

　　　　1 くれた　　　　　2 もらった　　　3 あげた　　　　4 さしあげた

中譯 這是從老師那兒得到的字典。

解析 選項1「くれる」是「〜人給我」；選項2「もらう」是「從〜人得到」；選項3「あげる」是「給〜人」；選項4「さしあげる」是「あげる」的尊敬語法，也是「給〜人」，所以答案是2。

（　）⑤ 彼はゲームに<u>熱中</u>している。

　　　　1 夢中　　　　　　2 最中　　　　　3 心中　　　　　4 集中

中譯 他很熱衷遊戲。

解析 選項1「夢中」是「熱衷」；選項2「最中」是「〜的當中」；選項3「心中」是「自殺」；選項4「集中」是「集中」，所以答案是1。

問題5　つぎのことばの使い方として最もよいものを、1・2・3・4から一つ選びなさい。

（　）① 調子（狀態、狀況）
　　　　1 この曲の調子はあまり知らない。
　　　　2 彼女の歌の調子はとても上手です。
　　　　3 体の調子があまりよくないです。
　　　　4 これは誰もがよく用いる調子です。

中譯　身體的狀況不太好。

解析　本題答案為3。選項1應該改為「この曲のメロディーはあまり知らない」（不太知道這首曲子的旋律）；選項2應該改為「彼女の歌のテンポはとても正確です」（她唱歌的節拍很正確）；選項4「これは誰もがよく用いるメロディーです」（這是大家都會用的旋律）。

（　）② くれぐれも（誠懇地、衷心地）
　　　　1 くれぐれもどうぞ食べてください。
　　　　2 くれぐれも遊びに来てください。
　　　　3 くれぐれも貸してください。
　　　　4 くれぐれもご両親によろしくお伝えください。

中譯　衷心地向您雙親表達問候之意。

解析　本題答案為4。「くれぐれも」用來表達內心「衷心地、誠懇地」的意思。選項1應該改為「どうぞ食べてください」（請吃），因為「どうぞ」一詞是副詞，所以不會再以副詞「くれぐれも」作為修飾；選項2應該改為「ぜひ遊びに来てください」（請一定要來玩喔）；選項3應該改為「どうか貸してください」（無論如何請借我）。

（　）③ 生じる（生長、產生、造成）
　　　1 事故は彼の不注意から生じた。
　　　2 妹は来月赤ちゃんが生じる予定です。
　　　3 音楽を聞いていると、いい気持ちが生じる。
　　　4 春になると、きれいな花が生じる。

中譯 事故是由於他的不注意而造成。

解析 本題答案為1。選項2應該改為「妹に来月赤ちゃんが生まれる予定です」
（妹妹預定下個月要生小孩）；選項3應該改為「音楽を聞いていると、いい気持ちになる」（聽音樂，就能有好心情）；選項4應該改為「春になると、きれいな花が咲く」（一到春天，就會開漂亮的花）。

（　）④ 売り切れる（賣完、售出）
　　　1 そのパン屋はいつも閉店前に売り切れてしまう。
　　　2 安く売り切れることができますか。
　　　3 今書いてある本の売り切れる期限は5月10日です。
　　　4 それはもう売り切れた話題だ。

中譯 那家麵包店總是在打烊前麵包就賣完。

解析 本題答案為1。選項2應該改為「安く売ることができますか」（可以賣便宜些嗎）；選項3應該改為「今書いている本の締め切りの期限は5月10日です」（現在在寫的書，截稿日是五月十日）；選項4應該改為「それはもう済んだ話題だ」（那已經是結束的話題了）。

（　）⑤ 気の毒（可憐的）
　　　1 今日は何も食べなくて、本当に気の毒です。
　　　2 わたしは気の毒に風邪を引いてしまった。
　　　3 家の息子は毎日遅くまで勉強して、本当に気の毒です。
　　　4 あの若さで亡くなるなんて、気の毒だ。

中譯 那麼年輕就死了真是可憐。

解析 本題答案為4。選項1、2、3的語法都不存在。

問題6　つぎの文の（　　）に入れるのに最もよいものを、1・2・3・4
　　　　から一つ選びなさい。

（　）① 美和さんは交換留学生（　　）元気大学で勉強しています。
　　　　　　1 にとって　　　　2 として　　　　3 にそって　　　4 にしたら

中譯　美和小姐以交換留學生的身分，在元氣大學唸書。

解析　選項1「にとって」是「對～而言」；選項2「として」是「以～的名義」；
　　　選項3「にそって」是「依循著～」；選項4「にしたら」是「以～的立場來
　　　說」，所以答案是2。

（　）② 試合の（　　）に大雨が降り出し、中止になりました。
　　　　　　1 うち　　　　　2 あいだ　　　　3 最中　　　　4 ながら

中譯　比賽中，因下起大雨來而停賽了。

解析　選項1「うち」是「在～的時候」；選項2「あいだ」是「在～之間」；選項3
　　　「最中」是「正在～的當中」；選項4「ながら」是「一邊做～一邊做～」，所
　　　以答案是3。

（　）③ A「携帯電話の電池が切れてしまったので、（　　）ませんか」
　　　　　B「ええ、いいですよ。どうぞ」
　　　　　　1 貸してもらえ　　2 貸してあげ　　3 貸してもらい　　4 貸してやり

中譯　A「因為手機的電池沒電了，可以借我嗎？」
　　　B「可以呀！請用。」

解析　選項1「貸す」是「借～給人」；「もらう」是「得到」；「もらえる」是「可
　　　以得到」，「貸してもらえませんか」是要求的語法；其他三項均不符合要求
　　　的表現，所以答案是1。

（　）④ 最近は、環境問題（　　）関心を持つ人がかなり増えている。

　　　1 について　　　　　2 にとって　　　　3 に対して　　　　4 に関して

中譯 最近，對環境問題抱持關心的人增多了。

解析 選項1「について」是「關於～」；選項2「にとって」是「對～而言」；選項3「に対して」是「對於～」；選項4「に関して」是「關於～」，所以答案是3。

（　）⑤ この食べ（　　）のカップラーメンは誰のですか。

　　　1 つつ　　　　　　2 かけ　　　　　　3 ながら　　　　　4 かね

中譯 這個吃到一半的杯麵是誰的呢？

解析 本題測驗考生複合詞的用法。選項1「～つつ」是「一邊做～一邊做～」；選項2「～かけ」是「做到一半、沒做完」；選項3「ながら」是「一邊做～一邊做～」；選項4「～かね」是「不能～」，所以答案是2。

問題7　つぎの文の＿＿＿★＿＿＿に入る最もよいものを、1・2・3・4から一つ選びなさい。

（　）① 彼女　＿＿★＿＿　＿＿＿＿　＿＿＿＿　＿＿＿＿　だろう。

　　　1 きれいな　　　　2 ほど　　　　　　3 ひとは　　　　　4 いない

　→　彼女　ほど　きれいな　ひとは　いない　だろう。

中譯 沒有比她更漂亮的人吧！

解析 本題考比較的基準點「ほど～ない」的句型。ナ形容詞以「～な～」接續名詞，所以句子的排列順序如解答所列，答案是2。

（　）② 昨日　＿＿＿＿　＿＿＿＿　＿＿＿＿　＿＿★＿　カメラは日本製だ。

　　　1 買った　　　　　2 3万元　　　　　3 で　　　　　　　4 ばかりの

　→　昨日　3万元　で　買った　ばかりの　カメラは日本製だ。

中譯 昨天用三萬元剛買的相機是日本製的。

解析 本題考「～ばかり」的用法，意思是「剛剛做完～」，所以前面必須是動作動詞的語彙，而「で」是方法、手段的助詞，「３万元で」（使用三萬元），所以答案是4。

（　）③ アメリカのアップル社 ＿＿＿＿ ＿＿＿＿ ★ ＿＿＿＿ 尊敬される
企業に選ばれた。

　　　　1 で　　　　　　 2 世界　　　　　3 最も　　　　　4 が

→ アメリカのアップル社 が 世界 で 最も 尊敬される企業に選ばれた。

中譯 美國的蘋果公司被選為了全球最受尊敬的企業。

解析 「で」是限定的助詞，「世界で」（在這個世界），「最も」是「最～」的意思，所以主題（主語）以「が」助詞作為提示，所以答案是1。

（　）④ 渋滞するかもしれないから、 ＿＿＿＿ ＿＿＿＿ ★ ＿＿＿＿ よ。

　　　　1 出た　　　　　　2 いい　　　　　3 早めに　　　　4 ほうが

→ 渋滞するかもしれないから、早めに 出た ほうが いい よ。

中譯 可能會塞車，所以早點出門比較好喔！

解析 本題考「動詞た形＋ほうがいい」的句型，是勸告表現，勸告他人「～做比較好」的意思，「早めに」是「早一點～、快一點～」的意思，所以答案是4。

（　）⑤ A「顔色が悪い ＿＿＿＿ ＿＿＿＿ ＿＿＿＿ ★ 」
　　　　B「お腹が痛いんです」

　　　　1 の　　　　　　2 した　　　　　3 けど　　　　　4 どう

→ A「顔色が悪い けど どう した の 」
　　 B「お腹が痛いんです」

中譯 A「臉色不好喔！怎麼了？」
　　　B「肚子痛。」

解析 本題考口語表現的語法。「どうしたの」是「どうしましたか」的口語表現，「怎麼了？」的意思，所以答案是1。

問題8　つぎの文章を読んで、①から⑤の中に入る最もよいものを、
　　　　1・2・3・4から一つ選びなさい。

老いの兆し

　年をとる　①　、身辺に不愉快な出来事が多くなります。遠大な計画を立てるなどと言うことはだんだん　②　、手近な目標を目指すようになります。若い頃のように、おおらかに自分の夢　③　語ることは、もうできません。はっきり言えば、最近のわたしの目標は、家族のために　④　ことをするということです——ほぼそれに尽きています。　⑤　家族の者たちに、よい環境の中で快適な生活をさせることです。わたしが近頃最もよく考えるのはこのことです。

（D・W・プラース著　杉野目康子・井上俊訳『日本人の生き方』による）

老化的預兆

隨著年齡的增加，身邊不愉快的事情會變多。訂定遠大計畫等等的說詞愈來愈少，開始變得朝眼前的目標而努力。已經不能像年輕時一樣，坦率地訴說自己的夢想。明白地說，最近我的目標，是盡可能地為家人做一些事──也幾乎為此盡了全力。總之，就是讓家人們在更好的環境中過更舒適的生活這件事。我最近最常思考的就是這件事。

（摘自Plath,D.W.著　杉野目康子、井上俊譯『日本人的生存方法』）

（　）① 1 ながら　　　　　2 において　　　　3 につれて　　　　4 に関して

解析 選項1「ながら」是「一邊～一邊～」；選項2「において」是「在～場合」；選項3「につれて」是「隨著～」；選項4「に関して」是「關於～」；所以答案是3。

（　）② 1 少なくなり　　　2 多くなり　　　　3 近くなり　　　　4 遠くなり

解析 選項1「少なくなり」是「變少了」；選項2「多くなり」是「變多了」；選項3「近くなり」是「變近了」；選項4「遠くなり」是「變遠了」；所以答案是1。

（　）③ 1 において　　　　2 について　　　　3 として　　　　　4 にとって

解析 選項1「において」是「在～場合」；選項2「について」是「關於～、針對～」；選項3「として」是「以～名義」；選項4「にとって」是「對～而言」；所以答案是2。

（　）④ 1 してはいけない　2 してもいい　　3 できるだけの　4 したほうがいい

解析 選項1「してはいけない」是禁止表現，「不可以～」；選項2「してもいい」
是許可表現，「可以～」；選項3「できるだけの」是能力表現，「盡可能的～」；
選項4「したほうがいい」是勸告表現，「～做比較好」；所以答案是3。

（　）⑤ 1 だから　　　　　2 ゆえに　　　　3 それに　　　　4 つまり

解析 選項1「だから」是「所以」；選項2「ゆえに」是「因此」；選項3「それに」
是「而且」；選項4「つまり」是「也就是」；所以答案是4。

模擬試題第三回

問題1 ＿＿＿のことばの読み方として最もよいものを、1・2・3・4
から一つ選びなさい。

（　）① わたしの<u>大家</u>さんはとても親切な人です。
　　　　　1 おおやけ　　　2 だいや　　　3 だいか　　　4 おおや

（　）② 世界各地の情報が、インターネットですぐ世界中に<u>伝え</u>られる。
　　　　　1 つたえ　　　　2 でんえ　　　3 わたえ　　　4 かわえ

（　）③ 京都は<u>歴史</u>のある古い町です。
　　　　　1 れきし　　　　2 れいし　　　3 りいし　　　4 れっし

（　）④ 日本人の平均<u>寿命</u>は世界で最も長いです。
　　　　　1 じゅうみょ　2 じゅみょう　3 しゅうみょ　4 しゅみょ

（　）⑤ <u>幼い</u>頃、両親によく遊園地へ連れて行ってもらいました。
　　　　　1 ようない　　　2 ささない　　3 おさない　　4 しらない

（　）⑥ 知らない人の前で転んでしまい、本当に<u>恥ずかし</u>かったです。
　　　　　1 わずかし　　　2 ほずかし　　3 はずかし　　4 しずかし

（　）⑦ 姉はいつも<u>地味</u>な服を着ています。
　　　　　1 ちあじ　　　　2 じみ　　　　3 ちみ　　　　4 じんみ

（　）⑧ この薬は風邪によく<u>効き</u>ます。
　　　　　1 はきます　　　2 いきます　　3 たきます　　4 ききます

問題2 ＿＿のことばを漢字で書くとき、最もよいものを、1・2・3・4から一つ選びなさい。

（　）① ぐあいが悪ければ、家でゆっくり休んでください。
　　　　1 句合　　　　2 具合　　　　3 貝合　　　　4 具会

（　）② 母は今、台所で食事のよういをしています。
　　　　1 養育　　　　2 有意　　　　3 有益　　　　4 用意

（　）③ まだ時間がありますから、あわてなくても大丈夫ですよ。
　　　　1 慌て　　　　2 恐て　　　　3 荒て　　　　4 怖て

（　）④ 他の人にはないとくしゅな技能を持った人を募集しています。
　　　　1 特別　　　　2 特徴　　　　3 得意　　　　4 特殊

（　）⑤ 彼は中学校のとき、両親をうしなったそうだ。
　　　　1 養った　　　　2 従った　　　　3 失った　　　　4 矢った

（　）⑥ 皆でちからを合わせてがんばりましょう。
　　　　1 力　　　　2 刀　　　　3 体　　　　4 人

問題3 （　　）に入れるのに最もよいものを、1・2・3・4から一つ選びなさい。

（　）① もっと大きい声で（　　）言ってください。
　　　　1 すっきり　　2 はっきり　　3 しっかり　　4 ぐっすり

（　）② もうホテルの（　　）をしましたか。
　　　　1 約束　　　　2 予定　　　　3 約定　　　　4 予約

（　）③ 趣味は切手を（　　）ことです。

　　1 収める　　　　2 集める　　　　3 払う　　　　4 片づける

（　）④ わたしは英語がとても（　　）だ。

　　1 勝手　　　　2 苦手　　　　3 手腕　　　　4 手首

（　）⑤（　　）は24時間営業しているので、とても便利です。

　　1 コレクション　　　　　　　2 コンサート

　　3 コンクール　　　　　　　　4 コンビニ

**問題4　＿＿に意味が最も近いものを、1・2・3・4から一つ
選びなさい。**

（　）① 勉強が終わったら、<u>すぐ</u>家へ帰ります。

　　1 ただちに　　　2 つい　　　　3 とうとう　　　4 だいたい

（　）② 彼は常識に<u>かけて</u>いるので、困ります。

　　1 満ちて　　　2 満足して　　　3 不足して　　　4 不満して

（　）③ 今日は雨だし寒いし、<u>それに</u>お金もないから、どこにも行きません。

　　1 そして　　　2 それで　　　3 そこで　　　4 そのうえ

（　）④ 田中さんはどこに<u>いらっしゃいます</u>か。

　　1 あります　　2 います　　　3 来ます　　　4 行きます

（　）⑤ これは<u>ただ</u>です。どうぞご自由にお持ちください。

　　1 無料　　　2 有料　　　3 パス　　　4 コスト

問題5 つぎのことばの使い方として最もよいものを、1・2・3・4 から一つ選びなさい。

（　）① 油断

　　　　1 ああ、車はもう油断した。

　　　　2 試合の最中に油断したため、負けてしまった。

　　　　3 この料理は油断してください。

　　　　4 そろそろ油断しますから、入れましょうか。

（　）② なんとなく

　　　　1 ひとりでも、なんとなくやっていけるでしょう。

　　　　2 スポーツなら、なんとなくやれます。

　　　　3 なんとなく間に合った。

　　　　4 今日はなんとなく出かけたくない。

（　）③ 好む

　　　　1 やっと社長の好むとおりになった。

　　　　2 わたしの好む料理はオムレツだ。

　　　　3 彼は好む人と結婚しようと考えている。

　　　　4 林さんは親切で、皆に好む人だと言われている。

（　）④ 差し支える

　　　　1 彼は来なくても会議に差し支える。

　　　　2 どうぞわたしを差し支えてください。

　　　　3 勉強には辞書がないと差し支える。

　　　　4 明日休んでも、仕事に差し支える。

（　）⑤ 平気

　　　1 彼は何があっても、<u>平気</u>な顔をしている。

　　　2 胸がどきどきして、<u>平気</u>で呼吸できない。

　　　3 彼女は優しくて、<u>平気</u>で食事をする。

　　　4 ヨガは呼吸を調整し、<u>平気</u>にするスポーツです。

問題6　つぎの文の（　　　）に入れるのに最もよいものを、1・2・3・4 から一つ選びなさい。

（　）① わたしは試験の（　　　）、もっと勉強しておけばよかったと 後悔する。

　　　1 ものに　　　　2 までに　　　　3 ように　　　　4 たびに

（　）② この文法の本は内容が分かりやすい（　　　）、説明も簡単です。

　　　1 ばかり　　　　　　　　　　2 ばかりでなく

　　　3 に加えて　　　　　　　　　4 ので

（　）③ お荷物の配送日が決まったら、（　　　）。毎度、ありがとう ございました。

　　　1 お知らせ致します。　　　　2 教えてあげます。

　　　3 教えてください。　　　　　4 知らせていただきます。

（　）④ 1週間も残業の日が続き、ちょっと疲れ（　　　）だ。

　　　1 気味　　　　2 げ　　　　　3 っぽい　　　　4 つつ

（　）⑤ 彼は金持ち（　　　）、地味な生活をしている。

　　　1 に加えて　　　2 のおかげで　　3 ながら　　　　4 ものの

問題7 つぎの文の____★____に入る最もよいものを、1・2・3・4から
一つ選びなさい。

（　）① 今日は _____ __★__ _____ _____ 家を出た。
1 早め　　　　2 より　　　　3 に　　　　　4 いつも

（　）② 友達は _____ _____ __★__ _____ と思います。
1 いい　　　　2 多い　　　　3 多ければ　　4 ほど

（　）③ アニメは日本文化 _____ __★__ _____ _____ となって
いる。
1 代表する　　2 1つ　　　　3 ものの　　　4 を

（　）④ 今日は _____ _____ _____ __★__ も高く、蒸し暑い
1日だった。
1 加えて　　　2 に　　　　　3 暑さ　　　　4 湿度

（　）⑤ これから _____ _____ __★__ _____ ゆっくり考えてみ
たい。
1 する　　　　2 か　　　　　3 どう　　　　4 の

問題8 つぎの文章を読んで、①から⑤の中に入る最もよいものを、
1・2・3・4から一つ選びなさい。

日本人は魚＿①＿も肉を多く食べるようになりました。でもマグロは別。刺身で食べやすく、トロなど脂肪がのっているため、魚の中では人気があるのです。

日本は世界で一番マグロを食べている国です。世界全体で取れる量の四分の一（約41万トン）を一年間に消費しています。その中クロマグロは世界で取れる量の約8割が日本＿②＿です。

このままとっていると、絶滅するかもしれないから、マグロ資源を守る＿③＿、国際組織が取る量を決めています。また、マグロの数を減らさないために、これまで＿④＿しっかり管理しなくてはなりません。国際的な規制は今後＿⑤＿厳しくなりそうです。マグロの値段も上がるかもしれません。

（「朝日新聞2010年5月2日」の広告による）

( ) ① 1 以外　　　2 ほど　　　3 より　　　4 のほうが

( ) ② 1 輸入　　　2 向け　　　3 輸出　　　4 向き

( ) ③ 1 はず　　　2 べき　　　3 こと　　　4 ため

( ) ④ 1 以上に　　2 とくに　　3 上に　　　4 と同じく

( ) ⑤ 1 きっと　　2 ぜひ　　　3 必ず　　　4 さらに

模擬試題第三回　解答

問題1　① 4　　② 1　　③ 1　　④ 2　　⑤ 3
　　　　　⑥ 3　　⑦ 2　　⑧ 4

問題2　① 2　　② 4　　③ 1　　④ 4　　⑤ 3
　　　　　⑥ 1

問題3　① 2　　② 4　　③ 2　　④ 2　　⑤ 4

問題4　① 1　　② 3　　③ 4　　④ 2　　⑤ 1

問題5　① 2　　② 4　　③ 2　　④ 3　　⑤ 1

問題6　① 4　　② 2　　③ 1　　④ 1　　⑤ 3

問題7　① 2　　② 4　　③ 1　　④ 4　　⑤ 4

問題8　① 3　　② 2　　③ 4　　④ 1　　⑤ 4

模擬試題第三回　中譯及解析

問題1　＿＿＿のことばの読み方として最もよいものを、1・2・3・4
から一つ選びなさい。

（　）① わたしの<u>大家</u>さんはとても親切な人です。

    1 おおやけ   2 だいや   3 だいか   4 おおや

中譯 我的房東是很親切的人。

解析 本題答案為4。選項1「公」是「公共」的意思；選項2、3的發音並不存在。

（　）② 世界各地の情報が、インターネットですぐ世界中に<u>伝え</u>られる。

    1 つたえ   2 でんえ   3 わたえ   4 かわえ

中譯 世界各地的資訊，用網路立刻就在世界中被傳開。

解析 本題答案為1。選項2「伝」是漢語的發音，所以必須是漢語語彙，例如：「伝説」（傳說）、「伝達」（傳達），選項3、4是不存在的發音。

（　）③ 京都は<u>歴史</u>のある古い町です。

    1 れきし   2 れいし   3 りいし   4 れっし

中譯 京都是有歷史的古老城市。

解析 本題答案為1。本題測驗考生對「歴」漢字的掌握。

（　）④ 日本人の平均<u>寿命</u>は世界で最も長いです。

    1 じゅうみょ 2 じゅみょう 3 しゅうみょ 4 しゅみょ

中譯 日本人的平均壽命在世界上是最長的。

解析 本題答案為2。本題測驗考生對長短音及濁音的掌握。

（　）⑤ 幼い頃、両親によく遊園地へ連れて行ってもらいました。

　　　　1 ようない　　　　2 ささない　　　3 おさない　　　4 しらない

中譯 小時候，父母親常帶我去遊樂園玩。

解析 本題答案為3。漢字「幼」的訓讀發音是「幼い」、音讀發音是「幼」；選項2「指す」是「指引」；選項4「知る」是「知道」。

（　）⑥ 知らない人の前で転んでしまい、本当に恥ずかしかったです。

　　　　1 わずかし　　　　2 ほずかし　　　3 はずかし　　　4 しずかし

中譯 在不認識的人面前摔倒，真是丟臉。

解析 本題答案為3。本題測驗考生對イ形容詞語彙的掌握及時態「～かった」的
掌握。

（　）⑦ 姉はいつも地味な服を着ています。

　　　　1 ちあじ　　　　2 じみ　　　　3 ちみ　　　　4 じんみ

中譯 姐姐總是穿著樸素的衣服。

解析 本題答案為2。本題測驗考生對漢字「地」的掌握，音讀發音漢語的「土」，例如：「土地」（土地）。訓讀發音和語的「土」與「地」的發音，例如：「地味」（樸素的）。

（　）⑧ この薬は風邪によく効きます。

　　　　1 はきます　　　　2 いきます　　　3 たきます　　　4 ききます

中譯 這個藥對感冒很有效。

解析 本題答案為4。選項1「履く」是「穿」；選項2「行く」是「去」；選項3「炊く」是「煮」；選項4「効く」是「有效」。

問題2 ＿＿のことばを漢字で書くとき、最もよいものを、1・2・3・4 から一つ選びなさい。

（　）① ぐあいが悪ければ、家でゆっくり休んでください。

　　　　1 句合　　　　　　2 具合　　　　　　3 貝合　　　　　　4 具会

中譯 如果狀況不好的話，請在家好好地休息。

解析 本題答案為2。本題測驗考生對漢字「具」及語意的掌握。

（　）② 母は今、台所で食事のよういをしています。

　　　　1 養育　　　　　　2 有意　　　　　　3 有益　　　　　　4 用意

中譯 媽媽現在在廚房準備餐點。

解析 本題答案為4。選項1「養育」是「養育」；選項2「有意」是「有意義」；選項3「有益」是「有益」；選項4「用意」是「準備」。

（　）③ まだ時間がありますから、あわてなくても大丈夫ですよ。

　　　　1 慌て　　　　　　2 恐て　　　　　　3 荒て　　　　　　4 怖て

中譯 還有時間，所以不用急也沒關係喔！

解析 本題答案為1。選項1「慌てる」是「急忙、慌張」；選項2「恐れる」是「害怕」；選項3「荒らす」是「擾亂」；選項4「怖い」是イ形容詞「恐怖的、害怕的」。

（　）④ 他の人にはないとくしゅな技能を持った人を募集しています。

　　　　1 特別　　　　　　2 特徴　　　　　　3 得意　　　　　　4 特殊

中譯 徵求擁有他人所沒有的特殊技術的人。

解析 本題答案為4。選項1「特別」是「特別」；選項2「特徴」是「特徴」；選項3「得意」是「得意、驕傲」；選項4「特殊」是「特殊」。

（　）⑤ 彼は中学校のとき、両親を<u>うしなった</u>そうだ。
　　　　1 養った　　　　2 従った　　　　3 失った　　　　4 矢った

中譯 聽說他在國中時就失去了雙親。

解析 本題答案為3。選項1「養う」是「養活、撫養」；選項2「従う」是「遵從」；選項3「失う」是「失去」；選項4是不存在的語彙。

（　）⑥ 皆で<u>ちから</u>を合わせてがんばりましょう。
　　　　1 力　　　　　　2 刀　　　　　　3 体　　　　　　4 人

中譯 大家合力好好加油吧！

解析 本題答案為1。選項1「力」是「力量」；選項2「刀」是「刀」；選項3「体」是「身體」；選項4「人」是「人」。

問題3 （　　）に入れるのに最もよいものを、1・2・3・4から一つ選びなさい。

（　）① もっと大きい声で（　　）言ってください。
　　　　1 すっきり　　　2 はっきり　　　3 しっかり　　　4 ぐっすり

中譯 請用更大的聲音清楚地說。

解析 選項1「すっきり」是「舒暢地」；選項2「はっきり」是「清楚地」；選項3「しっかり」是「緊密地、牢牢地」；選項4「ぐっすり」是「熟睡狀」，所以答案是2。

（　）② もうホテルの（　　）をしましたか。
　　　　1 約束　　　　　2 予定　　　　　3 約定　　　　　4 予約

中譯 已經預約飯店了嗎？

解析 選項1「約束」是「約定」；選項2「予定」是「預定（的事情）」；選項3是不存在的語彙；選項4「予約」是「預約」，所以答案是4。

（　　）③ 趣味は切手を（　　　）ことです。

　　　　 1 収める　　　　　 2 集める　　　　　 3 払う　　　　　 4 片づける

中譯 興趣是集郵。

解析 選項1「収める」是「獲得」；選項2「集める」是「集中、收集」；選項3「払う」是「支付」；選項4「片づける」是「整理、收拾」，所以答案是2。

（　　）④ わたしは英語がとても（　　　）だ。

　　　　 1 勝手　　　　　 2 苦手　　　　　 3 手腕　　　　　 4 手首

中譯 我英文很不好。

解析 選項1「勝手」是「任性」；選項2「苦手」是「不擅長」；選項3「手腕」是「本領」；選項4「手首」是「手腕」，所以答案是2。

（　　）⑤（　　　）は 24時間営業しているので、とても便利です。

　　　　 1 コレクション　　 2 コンサート　　 3 コンクール　　 4 コンビニ

中譯 便利商店二十四小時營業，所以很方便。

解析 選項1「コレクション」是「收藏品」；選項2「コンサート」是「音樂會」；選項3「コンクール」是「才藝比賽」；選項4「コンビニ」是「便利商店」，所以答案是4。

....

問題4 ＿＿＿に意味が最も近いものを、1・2・3・4から一つ選びなさい。

（　　）① 勉強が終わったら、すぐ家へ帰ります。

　　　　 1 ただちに　　　　 2 つい　　　　　 3 とうとう　　　　 4 だいたい

中譯 課程結束後，馬上回家。

解析 選項1「ただちに」是「馬上」；選項2「つい」是「最後」；選項3「とうとう」是「終於」；選項4「だいたい」是「大概」，所以答案是1。

（　　）② 彼は常識に<u>かけて</u>いるので、困ります。

　　　　　1 満ちて　　　　　2 満足して　　　　3 不足して　　　　4 不満して

中譯 他欠缺常識，所以令人很困擾。

解析 「欠ける」是「欠缺、不足」的意思。選項1「満ちる」是「充滿」；選項2「満足する」是「滿足」；選項3「不足する」是「不夠、不足」；選項4「不満する」是「不滿意」，所以答案是3。

（　　）③ 今日は雨だし寒いし、<u>それに</u>お金もないから、どこにも行きません。

　　　　　1 そして　　　　　2 それで　　　　　3 そこで　　　　　4 そのうえ

中譯 今天下雨、又冷、而且也沒錢，所以哪兒都不去。

解析 「それに」是「而且」的意思。選項1「そして」是「又～」；選項2「それで」是「因此」；選項3「そこで」是「所以」；選項4「そのうえ」是「再加上、而且」，所以答案是4。

（　　）④ 田中さんはどこに<u>いらっしゃいますか</u>。

　　　　　1 あります　　　　2 います　　　　3 来ます　　　　4 行きます

中譯 田中先生在哪裡呢？

解析 選項1「ある」是「物的存在」；選項2「いる」是「人或動物的存在」；選項3「来る」是「來」；選項4「行く」是「去」，「いらっしゃる」雖然是「いる」、「行く」、「来る」的尊敬語，但是因為語彙前面是存在的「に」助詞，所以判斷此處應該是接續存在動詞「いる」，答案是2。

（　　）⑤ これは<u>ただ</u>です。どうぞご自由にお持ちください。

　　　　　1 無料　　　　　2 有料　　　　　3 パス　　　　　4 コスト

中譯 這個免費，請自由取用。

解析 「ただ」是「免費」的意思。選項1「無料」是「免費」；選項2「有料」是「要付費」；選項3「パス」是「通過」；選項4「コスト」是「成本」，所以答案是1。

問題5 つぎのことばの使い方として最もよいものを、1・2・3・4

　　　　から一つ選びなさい。

（　）① 油断（疏忽、粗心）

　　　　1 ああ、車はもう油断した。

　　　　2 試合の最中に油断したため、負けてしまった。

　　　　3 この料理は油断してください。

　　　　4 そろそろ油断しますから、入れましょうか。

中譯 由於賽程中的疏忽，所以輸了。

解析 選項1應該改為「ああ、車のガソリンがもうない」（啊！車子已經沒油了）；

　　　選項3的語法不存在；選項4「そろそろガソリンが切れるから、入れましょ

　　　うか」是（因為差不多快沒油了，要加油嗎），所以答案是2。

（　）② なんとなく（不知為何〜總覺得）

　　　　1 ひとりでも、なんとなくやっていけるでしょう。

　　　　2 スポーツなら、なんとなくやれます。

　　　　3 なんとなく間に合った。

　　　　4 今日はなんとなく出かけたくない。

中譯 今天總覺得不想出門。

解析 選項1、2、3都是不存在的語法，所以答案是4。

（　）③ 好む（愛好、追求）

　　　　1 やっと社長の好むとおりになった。

　　　　2 わたしの好む料理はオムレツだ。

　　　　3 彼は好む人と結婚しようと考えている。

　　　　4 林さんは親切で、皆に好む人だと言われている。

中譯 我喜歡的料理是法式蛋捲。

解析 選項1應該改為「やっと社長の望むとおりになった」（終於達到社長的期望

　　　了）；選項3應該改為「彼は好きな人と結婚しようと考えている」（他正考慮

要和喜歡的人結婚）；選項4應該改為「林さんは親切で、皆にいい人だと言われている」（林先生很親切，被大家說是好人），所以答案是2。

（　）④ 差し支える（妨礙、影響）

　　　　1 彼は来なくても会議に差し支える。
　　　　2 どうぞわたしを差し支えてください。
　　　　3 勉強には辞書がないと差し支える。
　　　　4 明日休んでも、仕事に差し支える。

中譯 沒有辭典，就會影響學習。

解析 選項1應該改為「彼は来なくても会議に差し支えない」（即使他不來也不會影響開會）；選項2應該改為「どうぞわたしの邪魔をしないでください」（請不要妨礙我）；選項4應該改為「明日休んでも、仕事には差し支えない」（即使明天休假，也不會影響工作），所以答案是3。

（　）⑤ 平気（不在乎、無動於衷）

　　　　1 彼は何があっても、平気な顔をしている。
　　　　2 胸がどきどきして、平気で呼吸できない。
　　　　3 彼女は優しくて、平気で食事をする。
　　　　4 ヨガは呼吸を調整し、平気にするスポーツです。

中譯 不管發生什麼事，他都一副不在乎的樣子。

解析 選項2、3、4都不符合語彙的意思，所以答案是1。

問題6 つぎの文の（　）に入れるのに最もよいものを、1・2・3・4
から一つ選びなさい。

（　）① わたしは試験の（　　）、もっと勉強しておけばよかったと後悔する。

　　　　1 ものに　　　　　2 までに　　　　　3 ように　　　　4 たびに

中譯 我每次考試的時候，都後悔如果能更用功點就好了。

解析 選項1「ものに」是「由於、因為」；選項2「までに」是「在～期限前」；選項
3「ように」是「～的樣子」；選項4「たびに」是「每次～」，所以答案是4。

（　）② この文法の本は内容が分かりやすい（　　）、説明も簡単です。

　　　　1 ばかり　　　　　　　　　　　　2 ばかりでなく
　　　　3 に加えて　　　　　　　　　　　4 ので

中譯 這本文法書不僅內容易懂，說明也很簡單。

解析 選項1「ばかり」是「淨是～、全是～」；選項2「ばかりでなく」是「不僅如
此，而且～」；選項3「に加えて」雖然是「再加上～」的意思，但是必須以
名詞接續；選項4「ので」是（因為），所以答案是2。

（　）③ お荷物の配送日が決まったら、（　　）。毎度、ありがとうございました。

　　　　1 お知らせ致します。　　　　　2 教えてあげます。
　　　　3 教えてください。　　　　　　4 知らせていただきます。

中譯 如果行李的配送日決定了，我會通知您。謝謝您的光臨。

解析 「お知らせ致します」是「通知」的意思，屬於謙讓語句型，是以商店的立場
對待客人時的說話方式。選項3、4是客人的對應表現；而選項2「教えてあげ
ます」是「告訴～」，不符合商店立場的對應。所以答案是1。

（　　）④ 1週間も残業の日が続き、ちょっと疲れ（　　）だ。
　　　　　　1 気味　　　　　　2 げ　　　　　　3 っぽい　　　　4 つつ

中譯 連續一週都持續加班，感覺有點累。

解析 選項1「気味」是「有點～的感覺」，無法很明白地說清楚，但是「總覺
　　　得……」；選項2「げ」是「帶有～的感覺」，通常都使用於講自己以外的他人
　　　的狀態；選項3「っぽい」是「容易～的樣子」；選項4「つつ」是「雖然～但
　　　是」，所以答案是1。

（　　）⑤ 彼は金持ち（　　）、地味な生活をしている。
　　　　　　1 に加えて　　　　　2 のおかげで　　3 ながら　　　　4 ものの

中譯 他很富有，卻過著簡樸的生活。

解析 選項1「に加えて」是「再加上～」；選項2「のおかげで」是「多虧～」；選
　　　項3「ながら」是（雖然～但是）；選項4「ものの」（但是～），必須以「～
　　　な」作為接續，所以答案是3。

問題7　つぎの文の＿★＿に入る最もよいものを、1・2・3・4から一つ選びなさい。

（　　）① 今日は ＿＿＿ ＿★＿ ＿＿＿ ＿＿＿ 家を出た。
　　　　　　1 早め　　　　　　2 より　　　　　3 に　　　　　　4 いつも
　　→　今日は いつも より 早め に 家を出た。

中譯 今天比平常提早出門。

解析 本題答案為2。本題測驗考生，是否了解比較表現句型「～より」（比～）的用
　　　法。

（　）② 友達は ＿＿＿＿ ＿＿＿＿ ★ ＿＿＿＿ と思います。

      1 いい   2 多い   3 多ければ   4 ほど

  → 友達は 多ければ 多い ほど いい と思います。

中譯 我認為朋友愈多愈好。

解析 本題答案為4。本題測驗考生「～ば～ほどいい」（愈～愈好）的句型。

（　）③ アニメは日本文化 ＿＿＿＿ ★ ＿＿＿＿ ＿＿＿＿ となっている。

      1 代表する   2 1つ   3 ものの   4 を

  → アニメは日本文化 を 代表する ものの 1つ となっている。

中譯 動畫是日本文化的代表之一。

解析 本題答案為1。「～を代表する」是「代表～」的意思，「ものの」後面接續
     名詞「1つ」，所以句子的語順就必須如前文解答所示。

（　）④ 今日は ＿＿＿＿ ＿＿＿＿ ＿＿＿＿ ＿★＿ も高く、蒸し暑い1日

    だった。

      1 加えて   2 に   3 暑さ   4 湿度

  → 今日は 暑さ に 加えて 湿度 も高く、蒸し暑い1日だった。

中譯 今天不僅熱，再加上溼度也高，是很悶熱的一天。

解析 本題答案為4。本題測驗考生「（名詞）～に加えて」（不僅～再加上）的句型。

（　）⑤ これから ＿＿＿＿ ＿＿＿＿ ＿★＿ ＿＿＿＿ ゆっくり考えてみたい。

      1 する   2 か   3 どう   4 の

  → これから どう する の か ゆっくり考えてみたい。

中譯 我要好好地想想看今後該如何做。

解析 本題答案為4。「……のか」是間接疑問的語法。將「どうするのですか」（要
     如何做呢）的疑問句，改為間接疑問句「どうするのか」，並將其置於句中，
     作為後續文句的補充說明。

問題8　つぎの文章を読んで、①から⑤の中に入る最もよいものを、
　　　　　1・2・3・4から一つ選びなさい。

日本人は魚＿＿①＿＿も肉を多く食べるようになりました。でもマグロは別。刺身で食べやすく、トロなど脂肪がのっているため、魚の中では人気があるのです。

日本は世界で一番マグロを食べている国です。世界全体で取れる量の四分の一（約４1万トン）を一年間に消費しています。その中クロマグロは世界で取れる量の約8割が日本＿＿②＿＿です。

このままとっていると、絶滅するかもしれないから、マグロ資源を守る＿＿③＿＿、国際組織が取る量を決めています。また、マグロの数を減らさないために、これまで＿＿④＿＿しっかり管理しなくてはなりません。国際的な規制は今後＿＿⑤＿＿＿厳しくなりそうです。マグロの値段も上がるかもしれません。

（「朝日新聞20 10年5月2日」の広告による）

日本人變得吃肉比吃魚來得多了。但是鮪魚卻是例外。由於當生魚片易入口，腹部等又富含脂肪，因此在所有的魚類中是最受歡迎的。

日本是世界上食用鮪魚最多的國家。一年消費全球漁獲量的四分之一（約四十一萬噸），其中全球黑鮪魚漁獲量約八成是銷往日本。

如果再這樣捕捉的話，鮪魚可能會絕種，所以為了守護鮪魚的資源，國際組織規範可捕獲量。此外，為了不讓鮪魚的數量減少，也必須比以往更加嚴謹管理。看來今後國際間的規範會變得更加嚴格，鮪魚的價格也可能會上漲。

（摘自《朝日新聞2010年5月2日》廣告）

（ ）① 1 以外（いがい）　　　　2 ほど　　　　　3 より　　　　　4 のほうが

解析 選項1「以外（いがい）」是「除～之外」；選項2「ほど」是「比～」的意思，但是句末必須接續否定語法；選項3「より」是「比～」的意思，是二者比較的助詞；選項4「のほうが」是「這邊比較～」的意思，所以答案是3。

（ ）② 1 輸入（ゆにゅう）　　2 向（む）け　　　3 輸出（ゆしゅつ）　　4 向（む）き

解析 選項1「輸入（ゆにゅう）」是「輸入」；選項2「向（む）け」是「以～為對象」；選項3「輸出（ゆしゅつ）」是「輸出」；選項4「向（む）き」是「朝～方向」，所以答案是2。

（　）③ 1 はず　　　　　2 べき　　　　　3 こと　　　　　4 ため

解析 選項1「はず」是「應該」；選項2「べき」是「應該」；選項3「こと」是「事件」；選項4「ため」是「為了～、因為～」，所以答案是4。

（　）④ 1 以上に　　　　2 とくに　　　　3 上に　　　　　4 と同じく

解析 選項1「以上に」是「更～、再～」；選項2「とくに」是「尤其是」；選項3「上に」是「而且、再加上」；選項4「と同じく」是「和～一樣」，所以答案是1。

（　）⑤ 1 きっと　　　　2 ぜひ　　　　　3 必ず　　　　　4 さらに

解析 選項1「きっと」是「一定、必然」；選項2「ぜひ」是「務必、一定」；選項3「必ず」是「一定」；選項4「さらに」是「更加～」，所以答案是4。

國家圖書館出版品預行編目資料

新日檢N3言語知識（文字・語彙・文法）
全攻略　新版 / 余秋菊著
--四版--臺北市：瑞蘭國際, 2023.04
272面；17×23公分 --（檢定攻略系列；76）
ISBN：978-626-7274-22-4（平裝）
1.CST：日語 2.CST：讀本 3.CST：能力測驗

803.189　　　　　　　　　　112004660

檢定攻略系列 76

新日檢N3言語知識（文字・語彙・文法）
全攻略 新版

作者｜余秋菊・責任編輯｜葉仲芸、王愿琦
校對｜余秋菊、葉仲芸、王愿琦

日語錄音｜こんどうともこ・錄音室｜采漾錄音製作有限公司
封面設計｜劉麗雪、陳如琪・版型設計｜張芝瑜、許巧琳
內文排版｜帛格有限公司、許巧琳、陳如琪

瑞蘭國際出版
董事長｜張暖彗・社長兼總編輯｜王愿琦
編輯部
副總編輯｜葉仲芸・主編｜潘治婷・主編｜林昀彤
設計部主任｜陳如琪
業務部
經理｜楊米琪・主任｜林湲洵・組長｜張毓庭

出版社｜瑞蘭國際有限公司・地址｜台北市大安區安和路一段104號7樓之1
電話｜(02)2700-4625・傳真｜(02)2700-4622・訂購專線｜(02)2700-4625
劃撥帳號｜19914152 瑞蘭國際有限公司・瑞蘭國際網路書城｜www.genki-japan.com.tw

法律顧問｜海灣國際法律事務所　呂錦峯律師

總經銷｜聯合發行股份有限公司・電話｜(02)2917-8022、2917-8042
傳真｜(02)2915-6275、2915-7212・印刷｜科億印刷股份有限公司
出版日期｜2023年04月初版1刷・定價｜450元・ISBN｜978-626-7274-22-4
　　　　 2024年04月初版2刷

 本書採用環保大豆油墨印製